U0840299

北京宣传文化引导基金
BEIJING CULTURE GUIDING FUND
北京宣传文化引导基金资助项目

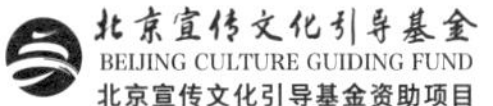

造房子的人

The Lightworkers

周婉京 著

北京出版集团
北京十月文艺出版社

献给JK

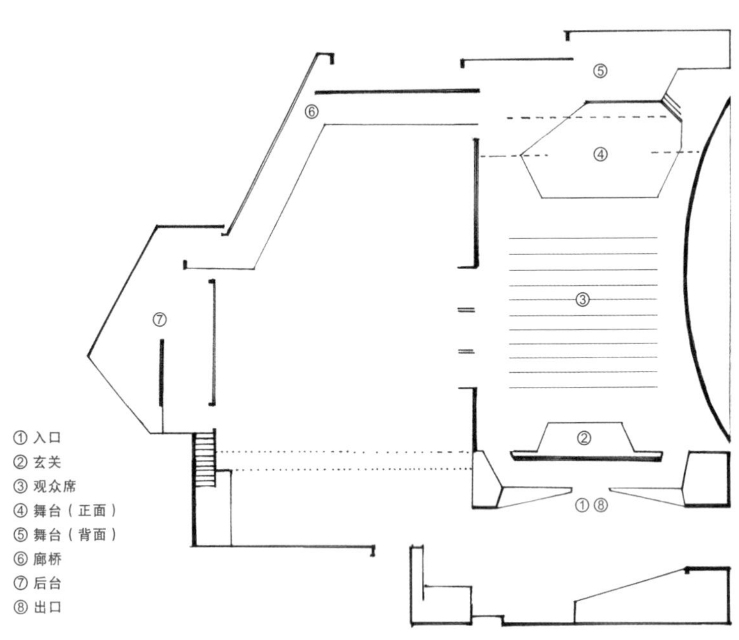
⑤
⑥
④
⑦
③
②
①⑧
① 入口
② 玄关
③ 观众席
④ 舞台（正面）
⑤ 舞台（背面）
⑥ 廊桥
⑦ 后台
⑧ 出口

序

自然界中，许多动物都有造房子的需要。北京城里的喜鹊窝，大多建造在胡同口的杨树上。我小时候，经常跟着一些“孩子王”走街串巷地掏鸟窝。最喜欢掏的就是喜鹊窝。喜鹊是一种勤劳有远见的鸟儿，它们总在夏天筑巢，为着冬天来居住。它们的巢结实稳固，非常不好掏。有时候要把树枝打下来，它们的巢才会跟着树枝掉下来。

掉下来之后，它们的巢依旧是完好的，仍旧牢牢地“焊”在枝丫上。

这是家的感觉，也是我最初对建筑的感觉。

房子是“表”，家是“里”，造房子的人是由“表”及“里”的创造者。房子是物质性、空间性的，而家则不同，它是栖居行为本身的一个产物。家被注入了主观的记忆和想象，于是我们才会说——“家是温暖的”。从“家”的字形来看：“豕”上顶着一个“宀”，这说明“家”首先得是一个房子，要有瓦遮头；其后房子才逐渐变成栖居之地，予人食物（“豕”即野猪），也令人安慰，亦如法国哲学家巴什拉所说的——“房子让我们得以在平静中造梦”。

古希腊建筑是一种由棱柱体、立方体、圆柱体组成的建筑，最好的例子便是帕提侬神庙。神庙之所以“神圣”，给人一种崇高感，原因还是在于这些体块。建筑就是几何形体在光线下的表演。光来了，影来了，神明也来了。通过立柱的切分，神庙的入口呈现出无光、有光、无光、有光的明暗变化。不但建筑，连同人，一概卷入这光和影的游戏。我们可以想象自己是如何踩着立柱的间隙，踱过“有光”的地方，走向城殿深处的雅典娜女神像。

帕提侬神庙的正面有八根立柱，《造房子的人》也有八个章节。现有的八章既对应着古希腊立柱之间“无光、有光、无光、有光”的变奏，也遵循了我们中国人“以无为用”的处世方法。所以现有的八章加上留白的没有付诸文字的八章，全文应该有十四万字之多。

但我选了一个犯傻的写法，删减到最后，只保留了实写的八章，便是东方剧场平面图上呈现的这八章。也有遗憾，有时候想想，怪自己何不多赚一倍的稿费？不过说到底，我在乎的不是小说的长短，而是能够建造出一种结构，用来承托东方人的美学——看落木寒山，翠松几点，萧散之致，可画可歌。

这是一本“无用之用”的小说。书中提及的能剧、禅宗这类与虚空相关的知识点，没有完全弄懂的必要，当它是“无”，然后任由它经过。这也是我最近禅修的一点心得。倒是关于家的想象，无声无色地贯穿始终，由一个女人的故事开头，牵连出另一个女人的结局。命运，在有无之间旋转不休。

婉京

2023年夏　北京家中

目 录

一根立柱，无光。两根立柱之间，有光。希腊建筑是一个无光、有光、无光、有光……不断交替的过程。造一根从墙上倾侧而出的柱子，让它谱出无光、有光、无光、有光的变奏：这是艺术家的奇迹。

——路易斯·康

第一章　入口

一

于晓丹开了门。

漆黑的客厅里有一根立柱。他们从客厅走进厨房，张铎走在前面，帮于晓丹拿着行李。穿过厨房，他们见到一个关着门的洗手间。张铎问她是想住左边这个屋，还是右边这个屋。他顺手打开灯。右边的屋里堆着各种电子音箱。左边的屋里放了一个床垫。没有床，张铎跟于晓丹说，只能先凑合一下了。他随手推开两个屋中间的门。洗手间里一只飞蛾冲了出来，于晓丹被吓了一跳。

那个能住人的房间里，一张没有床单的床垫靠墙摆放着，旁边是个床头柜和灯。距离床边半米以外的地方有个阳台，能看到对面邻居家阳台上在晾被单。张铎把于晓丹的行李，一个瘪瘪的网球挎包放到床上，走到窗前。于晓丹说，她想看月亮。张铎又转到右手边的那间房，他说这边能稍微看到一点。果然，一轮明月高挂在天上。然而于晓丹的眼睛始终没落在月亮上，她注视着对面海润公寓里亮灯的那些人家。

张铎说："我会帮你安顿好的。明早我给你送枕头和被子，今晚你先盖着我的衣服睡。"

于晓丹能做的就是点点头。然后她说："你把衣服给我，回去不怕被女朋友骂？"

"她知道我今天来找你。"

"她还好吗？"

“还行吧。她让我问你好。”

“她不会问我好的。你用不着敷衍我。”

“别胡思乱想了，早点睡吧。”

“哦。”

“睡前记得关窗户。”

张铎走出这个不到四十平方米的房子。他关上门前，于晓丹还站在阳台上眺望。

等他关上门后，于晓丹迅速地推开所有可以打开的窗户，从卧室床上的行李袋中翻出一个三脚架和高倍望远镜。她架好机身之后，开始测试相机直拍的倍率。五倍，六倍，七倍，八倍，十倍，十二倍，十五倍。快门连着闪烁七下，最后她决定用十二倍。这样她能把对面海润公寓楼上的人，他的一举一动拍得清清楚楚。她盯着拍出来的照片看了看，突然笑了。

她关上望远镜，脱了衣服，关了灯。她又站着看了一会儿窗外，隔在高家园与海润之间的是她再熟悉不过的将台路，等到路上的行人一个都没有了，她上了床。

于晓丹经常给儿子琦琦念诗，一些廖世奇喜欢的诗，儿子却枕着她的手睡着了。她念诗有她自己的一套程序，在每一首诗之后她都会加上几句点评，这些都曾是廖世奇对她说的话。平常的人，遇到读不大懂的东西时就会绕道走。于晓丹却是那种对未知事物充满好奇的人。她总是在学习。因是他的所爱，她就一直想要学。

她以前也像自己的儿子一样，听不了几分钟，就闭上眼睛睡着了。他接着大声往下念，他说，只有大声朗读，那些句子才能流过身体。他最喜欢的一首诗叫作《死亡临近》。很短。所以他会反复地念，每一段刚好都是“哦”在起头。偶尔，他的一个“哦”字迟迟不出。她梦乡里远处浑厚的声音就这样被突然切断。

“在香烟熏黄的衾枕上……”她像被吓着似的睁开眼睛，书脊大概就距她两厘米，甚至更近。她出神地眨动着眼睑，好像这本书连同这个读书的男人，都是她梦里的一部分。奇，真奇。梦里已经换另一个人演出——他摸了一下她的额头，然后继续念了下去，“……恋人瘦削的肢体今夜分离。”

于晓丹盯着望远镜里的画面，目不转睛地看。

对面公寓里的灯亮了起来，她看到廖世奇带着一个女人躺倒在她为他挑选的灰色水洗亚麻床单上。他们翻了个身，肩并着肩趴卧在一处。他们在镜头里显得十分享受。廖世奇给女孩看了自己最新的设计图纸，从床头柜的第二个抽屉里够了一支笔出来。他用曾经也考过于晓丹的一道题来测试这个女孩。从他的口型可以看出，他正在向这女孩提问。他问她，能不能画出一张展示光的图。这女孩从床上跳了起来，最先做的是从这间屋子逃了出去。

于晓丹把倍数又调大了些，更聚焦了。

通过人物面部表情的变化，她能读出他们在说的话。她看到这女孩对着廖世奇说，她本能的反应就是要逃到某个地方去，因为这件事情根本做不到。接着，廖世奇拦住了她，示范给她看，究竟怎么才能画出光。他的方法比她想象得要简单，他只是用一根黑色墨水笔在纸上随意画着。被墨水涂鸦过的地方就是没有光的地方，就是那些一块块的黑色。剩下的部分，就是光经过的地方。

白纸，本就是光的回答。

很快，廖世奇的屋里黑了下来。他们已经三年没有见到彼此了。他们共同经过的那些山陵、溪流，他们一起呼吸过的空气，都已经认不出他们曾经为彼此发光的样子。只要是物质体就会发光。物质体将会投下阴影，可这阴影依然属于光。

光是所有存在物的来源。当这个世界仍处在混沌状态时，没有任何形状和方向。混沌充满了表现之欲，是一种喜悦和美好的凝结。欲望是它的外壳，为了让它被看见。

二

2010年夏天，于晓丹从北京建筑工程学院毕业之后，好一段时间什么也没有做。她学建筑，这个决定是在她母亲过世后就做了的。她以为学了建筑，至少可以在家的内部造一个房子。为家，为她自己，造一个边界。

到了2012年冬天，她跟着未婚夫张铎来到纽约，没有带任何梦想。她简单地憧憬了一下他们的婚姻生活，但也是很短的一段时间。等他们钱用得差不多了，张铎说他要放弃在哥大管理学的硕士学位，不得已去中国城打工了。他对着一张粤菜馆的名片没日没夜地叹气，原本就苍白的脸显得更瘦了。

在他们二人平分了家里最后一片面包的某个早晨，于晓丹告诉张铎，她要去替他打工。哥大附近一家墨西哥人开的咖啡店正在招短工。她没告诉他，他们后来的生活费都是通过她赤身徒手挣来的。那年纽约冬天的温度在零下十八度，地上积雪有半米厚，她扫了整整一个冬天的雪。

新雪在脚下嘎吱嘎吱地响。有人一脚没踩稳，撞到了于晓丹身上，摔了个跟头。那人胳膊肘下面的黑色作业夹掉了出来，白底蓝线的图纸滚在雪地上，足足有两米长。于晓丹帮他捡起这团纸的时候，除了跟这个蓄长了头发、看上去有些邋遢的男人对视了一眼，也瞥到了图纸背面角落里的落款，小楷，斜体，歪歪扭扭地写了一个字——“廖”。

这人应该是个建筑师。于晓丹把自己雪天在咖啡店外的偶遇经历转述给了张铎。张铎随即问了她几个关于那张图纸的问题。于晓丹简单地描述了一下她所看到的，画的是一张中央车站的建筑工程图。她尽量让她所看到的那些曲线在脑中以三维立体的形式呈现，她最终停在了“光”这里。她记得自己把这套图纸反复看了几遍，发现整个车站没用一处人造光。张铎笑了，他说纽约市政府怎么可能让这种方案通过？这也太不实用了。如果这位廖先生的创作真的中标，那么意味着中央车站只能依靠白天的自然光，在夜幕降临后就什么也做不了。

说不上为什么，于晓丹一直记得这位廖先生。

那个冬天下了好几场雪，每一次她都会想起那个揣着图纸匆匆而过的男人。记忆这件事很奇怪，想起一个人，想起的总又不只是那个人。

等到这位廖先生真的来到于晓丹在110街的公寓，没有谁比于晓丹更惊讶了。那天他们家办聚会，陆陆续续来了许多人。她独自站在窗前，瞪着眼看街上的中国面孔，那些人当中唯有他往楼上瞟了一眼。她当时怔了一下，然后帮他开了门，他说自己是高张铎三届的学长，也是哥大建筑系的硕士。他一进屋就把厚外套交到张铎手里，拿着自己带来的两瓶平价餐酒直奔厨房。于晓丹悄悄跟了进去。他们笑着对视了一眼，她接过他的酒，一手一个。他从她手中抢了回来，他说，不能让女主人来煮酒。

母语是广东话，他发不清楚“煮”和“酒”这两个字的音。说这话时，他脸红了。他叫廖世奇，是一个香港人。于晓丹那晚说了很多话。她把他的名字反复念了许多遍。念顺之后，她才跟他谈起自己对建筑的看法。这些话她还来不及对张铎说，张铎很忙，正在人群中吱吱嘎嘎地笑着。

他们聊到中央车站的那个项目。廖世奇帮她拿着她的那杯热红酒，于晓丹的脸上微红，她有一点醉了。

“我不喜欢现在的纽约，被现代建筑环绕的四四方方的格子间。我想要生活的城市应该是个自然形成的聚落，不是现在这样……”

她垂下眼睛，默不作声。过了一会儿，她带着他顺着卧室的窗户钻了出去，爬上既陡峭又有些颤颤巍巍的楼梯。

他们靠在楼梯上俯瞰下面的城市。一些墨西哥人喝醉了，把裤兜全部翻出来，都是些零零碎碎的东西，没有钱。

“我更喜欢六七十年代的纽约。”

“为什么?”

“我其实想问你为什么不喜欢现在的纽约。”

“你说吧，我听。那什么……我喝多了，脑子不灵光。”

他们互相搀扶着走下楼梯。

“在六七十年代，我可以跟我崇拜的人一起共事。”

“但你要是生在六七十年代，就不会认识我了。”

他们说着越过墨西哥人和路边的雪人，一直往西走，往哈得孙河的方向走。

两个人穿街而行，避开了那些喧嚷到似有人喊马嘶的大路，选了一条少人出没的小巷来走。

巷子的尽头，能看见河。巷子的两头开着几间生意惨淡的小店，杂货铺，烟草店，脚踏车修理铺，热狗店。

路走到一半，他们就后悔了。馊水汤汁，尿味汗味，还有不知哪里蹿出的一两只老鼠，吱吱地叫。

于晓丹不敢东张西望，这城市的角隅里常有她不想看见的东西，有时是粪便，有时是死老鼠，有时是当众交配的公狗母狗，还有掏出自己家伙什一个劲把玩的变态。廖世奇说，那样的咸湿佬，他刚来纽约那两年也经常遇到。

那条小巷比想象中的要长。他们一直走，走了十米开外，便听到一阵怪声。两个人都回头看，垃圾桶上落满了雪，没有人。

他们俩站在巷子里，不知所以地讲起了英文。你一句，我一句，像是要给彼此壮胆似的，故意讲得很大声。

“你为什么要来纽约?”

“我？我是跟着张铎来的!”

于晓丹怕她的话被这遍地的白雪稀释了，特意升了一个调说话。在每句话的结尾，加上了她的感叹。

“你怎么没来上我的课？你没跟他一起读研?”

“我没有，我可能不需要吧!”微微尴尬，她打了个响亮的酒嗝，“我觉得纽约可能也不需要我吧。”

那一天接连发生了许多事。

等他们回到家，于晓丹的手里牢牢握着一个东西。廖世奇在巷子里，塞给她的护身符。一颗牙齿。他说这是廖世伟的牙，这个人一生就长了这么一颗牙。护身符，再走夜路的时候带上它，辟邪。

他信这个玩意儿。

可于晓丹总是半信半疑的。她心想，这兴许是廖世奇上山打野猪时，从猪身上发现的。她听说香港有一些离岛，岛上有山。

毕竟掌中的牙齿太小，怎么看也不像是人的。

后来，她还问过:“廖世伟是谁?”

廖世奇答说:“我细佬，就是我弟弟。”

于晓丹发现眼前的人好像没意见，这颗牙是谁的都好。他说，因为百无聊赖，才在纽约流连。说话的样子有几分落寞。那画面让于晓丹感受到一种猝不及防的悲伤。

那晚，他们没有接吻。

三

廖世奇告诉于晓丹，自己就住在三条街之外的另一栋简易公寓楼里。他刚来的时候，周围的墨西哥人全在讲西班牙语。他想家，整夜睡不着。但他从来不抱怨，甚至还开玩笑说干脆就不睡了。廖世奇睡不着的时候经常趴在他家地板上整夜画图。过了凌晨，于晓丹在沙发上睡着了，她醒过来的时候已经将近五点钟。她赶着回她和张铎的家，却看见廖世奇正坐在他家厨房餐桌旁喝着牛奶吃着三明治。他看上去精神紊乱了，好像几天都没睡觉。实际上，他确实没怎么睡，他们连着聊了三天三夜。

于晓丹对张铎撒谎说她去了康涅狄格的女朋友家。他们虽然都很不安，但是又很高兴能有彼此相伴。廖世奇给于晓丹做了热可可，然后他们继续交谈。廖世奇聊到他开始在建筑系做助教，他正在给张铎他们上一节建筑理论课。说到张铎的时候，他们都停顿了一下。外面还很黑，也很冷。他们同时听到了树枝被雪压断的响声。于晓丹把脑袋压在廖世奇肩膀上，从他们头顶的小窗户向外望去。

于晓丹在张铎毕业前一年，一有空就会跑到三条街外的公寓，一有空她就想和廖世奇在一起。他们一起看路易斯·康的纪录片，然后照着康的线索来到哥大图书馆看希腊、罗马、哥特、文艺复兴时期的建筑图，他们一边拥抱一边看书，向彼此发问。一个提问，一个回答，一个吻。

如果有一方答不上来，那么就要满足对方一个心愿。心愿多半还是更多的吻。于晓丹感到一种前所未有的幸福，对于她的未来毫无犹豫，尽管当时她对他们的未来毫无所知。

差不多快到2014年春节，廖世奇提议带他教的学生一起去参观新罕布什尔州的埃克塞特学院图书馆，算是一次不太远的实地考察。

临行那天，于晓丹也出现在开往新罕布什尔州的灰狗大巴上。张铎向他的老师廖世奇介绍起了自己的未婚妻。廖世奇笑着回答说，他们见过，而且在一次聚会上成了朋友。张铎也笑了，他说他没想到路易斯·康是他们仨共同的偶像。廖世奇说，这也许是跟康的建筑有关，比起其他的美国建筑师，康有时候更像是一个东方人。

在埃克塞特学院图书馆里，路易斯·康关心的是人和书是怎样相遇的。廖世奇带着于晓丹他们绕着图书馆的每一层走了一遍，最后在图书馆的中央大厅停下了脚步。这是一个挑空的正方形中庭。他们抬头，刚好看到正午的阳光穿过屋顶、穿过书架、穿过月洞门正在进入这个空间，强烈地向心凝聚着。

廖世奇提到一个人的时候，这个被谈论的人仿佛就在他们身边。参观结束之后，学生们解散了，在埃克塞特学院里自由活动。于晓丹还留在廖世奇身边，她还有问题想问。

路易斯·康和贝聿铭都是美国现代建筑史上的大家，可是于晓丹到现在也只看过他们的两三件作品。她也跟着张铎去过贝聿铭在曼哈顿上东区的故居。那个房子嵌在一个街角处，他们绕了两圈才找到。

经过东河岸边，穿过繁草茂盛的前庭，一个爬满了藤蔓的秋千迎着她。贝聿铭的居所像是宋代人的古迹，有石供，有画屏，但又偏偏是在这纽约城。从那幢毫不起眼的房子看，于晓丹没觉得贝聿铭有多了不起。于是，她甚至带着些怀疑问道，“贝聿铭和康那么出名，被谈论得那么多，但他们不可能全都那么好，是不是？这跟书一样。”

“举个例子。”廖世奇用怂恿的眼光看着她。

于晓丹随手抽出书架上的一本书，是福克纳的《喧哗与骚动》。她复述着曾经从别人嘴里听来的话,“把你能找得到的福克纳全部读完,然后再读海明威的所有作品,最后把他们俩全忘了。”她在思考,也在提问,“读书是一个遗忘的过程,那么做建筑呢?那些不能被人记住的项目,难道就不好吗?”

廖世奇认真听着她说话。等她说完以后,他从“福克纳”那一层的隔壁取出一本“海明威”。他拿着书,牵过来她的手,走到侧庭的阅览区。

在他们周围,馆员在光的下面陈列书本,读者抱着手中的书走到大厅的四边,他们倚窗而坐,开始了阅读。每一个座位上有一扇与读者视线齐平的小窗。有的读书人怕光线太晒,早早地拉下了百叶窗。有的读者往他们站着的地方瞄了几眼,然后打开窗望向树木遮天的新英格兰式校园。图书馆里的每个人,都拿着一本书走向光明。

她停下脚步。她看到了一个以前从未注意过的物体。那景象就像是一只温暖的大手抚摸着她的头,给她治愈的力量。

阳光透过柚木板,漏过天顶的十字梁,落到她的手上。

他走向她。他开着玩笑说，原本只是想带她到图书馆的某个角落，酣畅淋漓地做一次爱。这样，她也许会因此对这座建筑留下更深的印象。但是此刻他却说，这样待着就已经足够。

四

如果不是一场误会，于晓丹大概可以跟廖世奇就这么一直纠缠下去，互相耽搁。这个念头在她戴上张铎送给她的求婚戒指时，还在脑中浮现。她想过一些让廖世奇担心的办法，但是哪一个都没有这个好用。她甚至在订婚前的一次聚会上当着张铎的面，问起他们系里是不是有人在传她和廖助教的闲话。张铎听后大笑了一声，这不可能，他连连解释说这种事不可能发生在廖师身上。

那天的来宾中有一个新面孔，晒棕了的小麦色皮肤，胸不大但露出一多半在针织衫外面的中国女孩。她说她叫王艺潼，大家记她的英文名就好了——“Kira”。Kira随着张铎笑了起来，眼睛悄悄落在表情略有些尴尬的廖世奇身上。她接过刚才的话头，讲起她今年进了哥大建筑系以后听到的八卦。她最后提醒似的告诉大家，要是将来有人听了她的什么故事，那毋庸置疑，一定是真的。

临近毕业，张铎去学校的次数更频繁了一点。有几次他想带上于晓丹一起出门，都被于晓丹拒绝了。他并未发觉于晓丹的异样。后来他提议毕了业就回北京找个建筑事务所实习，算是落叶归根了。这次于晓丹没有拒绝。至于这个决定是几时做出的，张铎全无印象。他只是在收到父母的最后一笔汇款时，开开心心地张罗了一顿饭。他又有钱了。也是因为这笔钱，于晓丹不用再去墨西哥咖啡店上班了。

一天下午，她坐在公寓外挂的消防逃生梯上，淋着小雨。

天渐渐黑了，她听见楼下邻居在放着广播。广播里，一个男性声音正在说，纽约市的建筑师们正在考虑撤掉这些逃生梯，寻找新的逃生方案。这个声音同时扮演着正反两方的角色。正方建筑师的意见是一定要拆掉这些老楼梯，因为它们既不安全也不美观。反方建筑师却认为，要是火灾发生在冬天，很多纽约人家的窗户都会被冰或积雪覆盖，人们不能从窗户逃生，除了消防梯没有其他选项……那雨下得大了。于晓丹不知道什么时候拿了一本康的传记遮在头上挡雨，眼下书的封面也都被雨打湿了。

雨中有出租车司机冲着乘客吵嚷的声音，一两个男女嘻嘻哈哈推着搀着躲进了楼，走在最后的那个人回头塞给司机一堆硬币。善后的这个男人就是廖世奇，打头的那对男女是张铎和Kira。张铎推门进家的时候，廖世奇已经追了上来。Kira被廖世奇注视着，于晓丹和张铎也看到她的小腿上被溅了一长条的泥点子。像一条蛇，从脚踝蜿蜒到膝盖。

廖世奇从裤兜口袋里掏出一块手帕，递给Kira。他做完这个动作，才看到于晓丹连同她手里的书也是一阵慌乱的湿漉。张铎帮廖世奇摘下帽子，抖了一地的水。于晓丹蹲下来擦，被正在屈身擦腿肚子的Kira一把拉了起来。张铎让于晓丹招呼客人，他来煮咖啡。Kira说她想喝热红酒，于是也跟着张铎一道去了厨房。客厅里只剩下廖世奇和于晓丹，一个窄长的组合沙发，他们各占一头。

廖世奇先开口道：“前些天听人说你生病了。”

“你听张铎说的？”

“不要那么警惕好吗。”

“那就是张铎说的了。”

“他也是好心。”

于晓丹闷闷地发了一个“哦”。

廖世奇继续说：“纽约一到这个季节就闷得慌，就像中国江南的梅雨天……”

张铎端着咖啡壶和三个咖啡杯出来了，他接上廖世奇的话道：“廖师的这个比方打得不好，您又没去过江南，哪里知道南方的雨是怎么一个下法？”

廖世奇被张铎的话拿住了，只好顺口问问江南是怎么一番景致。他知道贝聿铭在十多年前接的苏州博物馆项目，他对于中国南方，第一时间想到的就是白墙灰瓦。正说着，Kira从于晓丹的屋里走了出来，她这时候已经脱掉了来时那套短裙，罩上了张铎的大号T恤。她手里拿着一杯热红酒，远远地挑了个脚垫坐下。张铎让她上沙发上来好好坐着。她摇摇酒杯表示拒绝。

于晓丹笑着对廖世奇说:“人家姑娘这是要你过去接她，捧着、抱着、驮着，把她请到沙发上来。”

廖世奇也在笑，他说:“别瞎说，人家Kira早就有主了。”

张铎赶忙插话来问:“谁啊?我们这一届的吗?”

于晓丹专心地喝着咖啡说道:“那敢情好，咱们这屋子里现在都是有主的人了。”

“不，我该伤心了啊。眼下廖师和晓丹是一对，我和Kira也不能输!就这么输了，多可惜啊。”

“张铎，你喝多了。”于晓丹说。

被于晓丹这么一点，张铎一个鲤鱼打挺直起了腰。他打趣似的朝着Kira说:“怪我怪我，连带着你也被你晓丹姐嫌弃了。”

四个人点了两份炒面和一份蒸饺。吃得半饱还觉得不够，于晓丹又去厨房冰箱里拿了几个鸡蛋来炒。她打蛋的时候思忖着，廖世奇好久不来，这趟来肯定是有话要对她说，但是这人有话又憋着不说，偏要带上另一个女人来激她的将。他刚刚还盯着她食指上的戒指看，闷声不吭。热油滚了，她把蛋浆下到锅里。Kira从厨房门外探进来半个头，问她是否能帮上忙。

于晓丹说不用。她是真的不用。

2015年初，中央车站的项目批下来了。主持设计师是哥大建筑系的教授，副手是廖世奇。廖世奇原本可以挂“联合建筑师”的名，但是因为他不是美国人，最后还是被组委会换了下来。评委说他们代表的是美国纳税人的利益，他们不能允许一个中国建筑师在美国土地上，造出比美国建筑师用价还贵的房子。美国人对中国人总是留一个心眼，是竞争，也是提防。

廖世奇在最后一轮陈述中也提到了贝聿铭，但是还没来得及展开就被一位评委打断了。那位评委是美国建筑师协会的理事，他曾跟贝聿铭一起共事。但他并不喜欢贝聿铭，他觉得“贝”比“康”差远了。这话后来被廖世奇转述给建筑系的学生。所有人都愤愤的，生气却也找不出反击的理由。于晓丹告诉张铎，要是廖世奇一开始不放低姿态，不妥协，也不缩减预算，那么结果可能会不一样。这话传到当事人耳朵里，廖世奇显然不同意。

很快到了毕业聚会，那顿大酒是从廖世奇办公室开始的。起初不过是三两学生带了啤酒来，几个人对着他刚做好的中央车站模型聊天。廖世奇将办公桌背面墙壁上的照片一张张取下，送给曾出现在这些照片中的人。

他在接下来的整整三年，可能都没法再带新学生了。

等他把墙上的照片送出去一半，他就被学生们拽着去了一家唐人街附近的小酒馆。一个在死胡同的垃圾场地下开的酒馆。这时他们中已经有人喝多了，抱着廖世奇哭。廖世奇听不清他究竟在抱怨自己上学期的成绩，还是在吐槽那条街的名字。伊丽莎白街。为什么中国城里有一条英国女王的街？往东走两条街，就是哥伦布公园。呵，另一个殖民者，还是个意大利佬！酒精让这些人都变成了傻瓜。傻瓜们叫嚷着说，在法国，他们也喝葡萄酒；在美国，他们也喝波本……说到底，他们只爱烈酒，单一麦芽的威士忌配陈年的茅台，谁要是能保持一个健康的肝脏一直到老，那才是真正的悲哀！更多的年轻人加入进来，于晓丹也是这时跟着张铎来的。

于晓丹扶起了已经喝多了的廖世奇。廖世奇剪短了头发，整齐油亮的发脚紧贴在双鬓旁。当时，他正在跟一个骂哥伦布的学生理论名声的好坏。廖世奇坚持说，不是航海家或是殖民者的身份害了哥伦布，而是他自己的名声。

“出名不好吗?”

酒吧里的醉鬼逐渐多了起来，邋里邋遢地举起酒杯。

“杯中酒！我先干为敬!”

廖世奇挥舞着酒瓶，浑身都是醉意。他勉强地睁着一只眼。看见于晓丹往自己这里来了，反显得无措。他出了酒吧，直往后打了几个踉跄，噼噼啪啪，吐出几泡苦水。上车以后，他又吐了一次。

“哈，我明白了。你觉得不好!”廖世奇脸紫涨，脖子粗红，头歪到一边说，“……我们这些建筑师不一样。一辈子，不过是希望人们能够生活在我们造的房子里，躲避一下外界的伤害……”

于晓丹将他扶正了，把他的头很自然地放在她的腿上。

他还在说话:“最好的建筑师……应该是一块砖。”

“你喝多了。”

“我他妈的就是一块生活在纽约的中国砖!”

“你不是。”

“那你说，我系乜?”

“你系……我不会讲广东话。”

“不要学广东话，你讲普通话好听。”

“什么砖不砖的?”

“你知唔知我点解咁钟意路易斯·康?”

于晓丹摇头。

“因为佢同我一样……有钱!”

廖世奇说这话的时候，正用两只手搭在于晓丹的腿上。他模拟砖一块块砌起来的样子，慢慢做出了一面墙。

“墙的中心是空的,”廖世奇接着说,“你要是一块砖，呢个时刻，你就要做选择了——如果我们在这面墙上开一个洞，那么顶上的这些砖该怎么办？它们的重量，谁来解决?”

于晓丹感觉他喜欢她在身边，听他讲话。

“一块砖，最大的梦想是成为拱。为什么呢？因为只有那样，它才能摆脱上下挤压的尴尬局面，勇敢……”廖世奇打了一个响亮的酒嗝后继续说道，“是它的勇气让它能够奇迹般地撑起它头上所有砖块的重量，然后它再通过渐变的角度，把它所承担的负重分散到拱门的两侧，最后才能像我们所看到的那样，允许空间和阳光从漂亮的圆拱中穿过……”

没有一块砖在这里是不可替代的。这些年，纽约一直在变化。变得他们都快不认识了，起了好多新的高楼大厦。

一个急转弯。

刹车。车子停在市中心的一栋密斯·凡·德·罗设计的西格拉姆大厦楼下。楼上半明半昧开着的灯像是被点着了的玻璃巨幕，从大厦的中间切开，一面向天，一面向地延伸。公园大道上宁静的花岗岩和大理石广场，南北各有一个长方形的喷泉水池，像是建筑师故意要用什么托住这无尽，用两只虔诚的大手。

他看到她听自己说话时眼里的迷醉，垂怜的眼神，猎人的笑颜。

车驶过他们。

她突然意识到，他一直生活在比她更有光彩、更成功，最后也更有意思的同代人投下的影子里。

五

2015年3月，廖世奇经人介绍认识了贝聿铭。在窄而细长的四层小楼里，他们围坐在贝聿铭收藏的艾琳·格雷茶几周围。廖世奇扭头去看，是一面与天花板等高的书墙。贝老被夫人搀扶着出来。在座的所有人都起立注视着他，贝聿铭慢慢走到了两扇窗的背面，在一张自己的肖像画前坐了下来。

廖世奇几乎还没想好怎么向贝老来介绍自己，贝老就已经主动跟他开口说话了。贝聿铭说，他听说最近有个很不错的香港同胞在美国建筑圈打拼。廖世奇羞红了脸，接不上贝老的话。但又等不及贝老再说，立刻将自己手机里存着的设计方案给贝老看。贝老认真地盯着他的手机屏幕看了一会儿，最后笑着告诉他，他现在眼睛不好了，什么都看不清。廖世奇接着说，这不是什么了不起的东西，也没有一定要看的必要。贝聿铭说，美国人也讲人情世故。他有几个美国建筑师协会的老朋友，最近跟他抱怨过廖世奇的这个项目，但是事情就是这样，只要有人去做总要得罪另外一帮人。

那场短暂的会面让廖世奇在接下来的一年中都过得如梦似幻。

虽然廖世奇自己不愿意承认，但是凭着贝聿铭对他的认可，他开始逐渐被纽约建筑圈接受。他收到了美国建筑师协会的入会邀请，推荐人正是当初批评他的那个评委。随之而来的是美国上流社会的接纳与欢迎。起初是一些有钱的华裔富豪邀请他去家中做客，他们通常都住在上东区，靠近大都会博物馆和古根海姆美术馆。用他们自己的话说，他们每年都给这两家美术馆捐钱，不只是为了参加一年一度的慈善晚宴，他们希望自己的钱能花在目之所及的地方，让更多人看到。

接着是一些记者，他们瞄上了这颗“建筑界冉冉升起的新星”。他们的提纲列得非常详尽，其中关于私人生活和专业问题的比例均衡。当被问到私人的部分，廖世奇只是笑着回答，他是一个不婚主义者。

这些人把廖世奇的答复连同他的设计选稿一起刊登在报刊上。当于晓丹读到这份报纸时已经是她临回国的前一天了。她的眼睛从“不婚主义者”上面掠过，又折回，这样反反复复许多次。她的不安从身旁的张铎掠过，尽管张铎正在挑剔这篇报道的英文不使用缩略语的问题。不过张铎也承认，这篇文章足够帮助纽约人充分认识廖世奇应有的价值。他打了一通电话到廖世奇在第五大道的新办公室，秘书告诉他等廖总回来之后给他回电话。张铎挂上电话后，回到沙发上，他从于晓丹的身后将她搂住，接着折上了那份报纸。

廖世奇忘记给张铎回电话了。那些天，他正忙着结交一些新的朋友，他被邀请去长岛一对中国夫妇家做客。那对夫妇姓苏，早在八十年代就从北京移民过来，夫妇俩都精明强干，做过一段时间的期货股票生意，后来把赚来的钱投在了美国的冶金业上，一路非常稳健。等到了2008年金融危机的时候，华尔街爆仓，这处房子原先的主人受雷曼兄弟牵连，不得已低价抛出了长岛的这处占地两亩、南北通透的三层小楼。

这家人的院子里种了桂花、海棠和山茶，他一来不自觉地就呆住了，坐了半晌默不出声地看花。苏太太招呼人给廖世奇上茶，煮的是一壶撒了干桂花屑的凤凰单枞。正巧那天赶上美国公假，平时侍茶的仆人倒休，烧茶的工作就被苏太太交托到家里的女儿的身上。她也是哥大的，在英语系读美国文学，平时写写东西。廖世奇喝了她的茶，对她写的东西很好奇。苏小姐说，她的任何一篇文章都可以放在任何位置，颠倒之后也不会有丝毫差别。有趣。廖世奇顺着她的话，跟她分享了路易斯·康与砖的故事。

两人一见钟情。

六个月后，他们在摩纳哥海边的一座教堂，正式订婚。一个当地负责修缮古迹的老建筑工人为他们主持了仪式。廖世奇特意找人翻译了他在仪式上要说的话，其中有一句是——他就能给她这么多，再多的他给不了。老建筑工人用法语念出来的时候，苏小姐没有认真听，正噙着热泪感动得说不出话。

那段日子，廖世奇的名声已经从美国漂洋过海传回了中国。国内媒体开始通过各种渠道接触他，甚至有家媒体已经提前登出了对他获得下一届普利兹克奖的预测。这些人说，中央车站这一项目把一种罕见的东方神秘主义融入进公共空间。廖世奇对此态度冷漠。直到他与未婚妻来到旅途的最后一站罗马，他看到圆形、方形和三角形从废墟中朝他走来，他告诉他的未婚妻，他正在被打开，由内向外地打开。

他不分昼夜地在古城中游荡，看，怎么看也看不完。

花了很长时间，他才发现，自己不是一个白人，不是一个欧洲人，更不是一个美国人。这些西方文明的遗产不能够满足他。他告诉未婚妻，他们应当从自己的文化中寻找一种力量。他还没看够，他要回国看看。他的另一半有些不开心，他只好将这些心里话诚实地转述给她。然而廖世奇说这些话的前后、旅行的沿途、为未婚妻戴上戒指的时刻，他都未曾想起过于晓丹。

厨房里热水烧得吱吱作响。

于晓丹摘下婚戒，扭开水龙头，洗着玻璃杯。昏暗的厨房，咖啡滤纸破了一个洞，热水浇下去，漏了满壶的颗粒。“喝咖啡吗?”热水冲掉了废渣，仍然能闻到浓烈的咖啡香，瞬间布满整个房子。“你别用那个咖啡壶了，在美国时就老出问题。”坏的咖啡壶，能煮出好的味道。怀念的味道。桌上保鲜膜里，包着一块芝士蛋糕和两个青团，于晓丹示意张铎拿来吃。他们刚回到国内，暂停在两种文化的过渡地带。正如滤过咖啡渍的水管，喘息，变干。

“也不知道廖师过得怎么样。”

“你还没听说吧？他出事儿了。”

在于晓丹眼里，张铎只有讲人八卦时才会精神奕奕，两眼有神，好像有许多故事要说。

关于廖世奇的事情，张铎从纽约朋友那里听到了些不同的说法。

一种广为流传的说法是，廖世奇侵犯了一个女孩。这个女孩去中央车站的施工现场闹过一次，从四米高的脚手架上跳下来，没摔死。她后来找人做了一块灯牌，比她的个头还大。不分昼夜地抱着这块牌子，杵在工地入口，不吃不喝，静坐了三天。

灯牌上用红色油漆描粗了日期，这些日子都是哥大助教廖世奇和那个女学生发生关系的日子。女学生面对媒体从未承认过廖世奇性侵了她，但她说自己确实是被强迫的。她还交代了一些他们发生性关系的地方。很奇怪，全是在图书馆。

还有一种说法。廖师同时交往了几个女孩，结果不巧让这个女孩撞上了另外一个。领头闹事的后面还有其他人。她们联起手来要把廖师的名声搞臭。面对学校的问询、小报记者的采访，她们都是一个表情：安静了数十秒，咬着唇，微微地发抖。

那个拿灯牌的女孩透露了很多内情。她说，廖世奇脖子上的伤不是在欧洲旅行时鱼咬的，而是女人。她说，廖世奇为了摆平她，还在他蜜月旅行的时候偷偷把她从纽约带了过去。她出庭时交代了她的高潮，当着法官和律师，当着他们所有人。

廖世奇没有来，他还在欧洲旅行。

女孩说，高潮来时就毫不客气地压住他，全身上下狠狠地咬，咬得皮开肉绽，还舔吸他的血。她说，如果大家不信她，可以把姓廖的抓来，对比他脖子上的牙印就清楚了。

她是兔牙，伤口结的痂会微微向上凸起。

听到这儿，于晓丹舔了舔她的上颚。两颗牙还在，她红着个脸呆着不动。

后来，事情闹大了。校园内有人翻出来廖世奇风头最盛时接受过的采访，贴在公告栏上的报纸被人用红油漆打上了一个巨大的叉。被红色遮住的地方，依稀可见他当时的回答——“我认为，名声的本质在于虚无。如果人们说到一个鼎鼎大名的建筑师却讲不出他究竟有什么了不起的杰作，那么这个建筑师的名声又有什么意义？”

第二章　玄关

一

年轻的时候，廖世奇也跟很多人一样，他以为当建筑师可以省去很多事。他用不着读诗，只要读光就好了。

廖世奇说这话时，正巧也是他第一次接触到诗歌的时候。他出现在北京社交圈的一场聚会上。在他的身后，几个哲学家正在跟一个画家讨论德国表现主义诗歌。逗号、句号、省略号，名词、动词、副词，短句、整句、叠句，圆舞曲、奏鸣曲、交响曲，罗曼史、悲剧史、史前史。廖世奇在这群人当中显得不知所措，事实上他并不知道怎样像个普通人那样谈诗。谈到诗，他就忍不住把文字中出现的时空关系对照到某个他参观过、研究过的建筑物上。

“一个死者造访你。心中流出兀自倾洒的鲜血，黑色的眉间巢居着难言的时刻；昏暗的相遇。你——紫色的月亮，当那人出现在橄榄树的绿荫里。他身后紧随着永不消逝的夜。”

他不懂诗，但这并不妨碍他抄下一首诗，随手塞进他的口袋。

北京的冬天很长，好像有干不完的事。廖世奇交接完中央车站的项目，就开始改造北京的办公室。因为之前的校园举报，他现在已经不在项目的主创团队了。他在哥大的前同事找了另一个年轻的非洲裔美国人来顶替廖世奇的位置，打了一个越洋电话来只是为了知会他一声，既为了安慰他，也为了与他划清界限。哥大校董的那些人持续给建筑系施压，系里面已经决定不再续聘廖世奇了。

廖世奇并不意外。他陆续收到从美国寄来的书，其中有不少是有关路易斯·康的。他把书收到新公寓的书墙上，有些过去在纽约拍的合影掉了出来。他扔掉了那些已经不是朋友的人，留下了他的几个学生。一张照片上，张铎在人群中拥着他，笑得跟个傻子一样。看见这张照片，廖世奇才想到在北京他还能找张铎。同时，他也想起了于晓丹。他不知道是不是应该在北京见她，心里暂时还拿不定主意。但他知道，只要这通电话打了出去，张铎接了，那么也就相当于告诉于晓丹，他来北京了。

最后还是公司人事打电话通知于晓丹和张铎来面试的。两人在同一天来，被分别安排在上、下午。张铎早上出门的时候漏带了他的作品集，于晓丹看到之后帮他收拾起来，打了个车往雍和宫的方向去了。

婚后半年，于晓丹几乎不主动去想跟廖世奇有关的任何事。张铎每周都会跟几个美国回来的同学聚会，她也从不跟着。就在她快要忘了廖世奇的时候，这个人再次撞进了她的生活，还凑到她的跟前。从接到电话到出门，于晓丹做了头发，修了指甲，画了眉毛，施了一点脂粉，薄薄的。她在离开镜子之前，又折回道来对着镜子跟自己说，情归情，账归账。

她不知道怎么和廖世奇挑开话题，但她觉得自己可以绕。一会儿聊她的生活，一会儿聊她的家庭，还可以扯到天气，最近北京天气很好。除了冷，一切都很好。她在去见他的路上已经准备好了一套说辞，她甚至能预见到两个人再见面时他全副精神听自己说话的样子。可是等到她真的来到等候区，坐在他改造的阳光棚下喝着咖啡等着见他，她低着头，还是有些不知所措。

她被人事经理领到他的办公室门口，正碰上张铎从屋里出来。像是要确认一下，又像是故意要让廖世奇听见似的，她晃了晃手中的图纸。

然后她的手被张铎牵引着去找廖世奇的手。不是握手，只是轻轻地触了触就快速摆向两边。

“晓丹来了？”

“我是来给他送图纸的。他早上走得急，落了东西。”

她说着看向张铎。

“不用了，我现在已经是廖师的人了。”张铎马上又改口道，“瞧我又说错了，是廖工，不是廖师。”

“廖工？”于晓丹问。

“我们上学的时候也管你爸叫‘于工’啊。成名的建筑师不都是这‘工’那‘工’的嘛。”张铎补充道。

“别这么说，我们是同事。”廖世奇差点忘了，补充道，“不好意思啊，晓丹。你的面试被他们安排在下午了，不要紧吧？这样，你等我一下，我快速跟方家胡同的一个业主开个会。你等我……最多十分钟。”

张铎和于晓丹在办公室坐着等了他一会儿，可是怎么也不见他出来。一个小时过去了，于晓丹提议他们俩先去找个餐厅。

方家胡同是一条东西向的胡同。东接雍和宫，西接安定门。清早时分，总有遛鸟的大爷提着笼子自西向东荡去。走一路，鸟鸣一路。往北走，遛过了剃头的、收换旧物件的、卖冰糖葫芦的吆喝声，就到了国子监街。再往北一条街，遛过了搓背、拔罐、斗蛐蛐的，就是五道营胡同了。

胡同里的冬天，各家院子里的花木从墙头溢出来，于晓丹用手去摸了一下海棠树的枝子，有一层薄薄的霜，在正午的阳光下竟比她的手还凉。还有些叫不出名字的小树，枯的枯，死的死，砍掉的砍掉，太阳光晒着，满眼萧瑟。走了几百米，有一间云南菜馆，门口的棉白杨也是垂头丧气地耷拉着脑袋。张铎提议就选这家吧，云南菜保准有米线和汤，天这么冷，不如吃口热乎的。

店里也有一棵树。于晓丹靠着树干而坐，张铎一开始坐在她的对面。张铎让她回头去看，这棵树很奇怪，只是朝西的枝丫一直枯到了顶，其他的都还在发着绿枝。不留心看，他还以为有人在于晓丹脑袋后面藏了一把匕首。

“一会儿廖工来了，你可别问他中央车站的事。我听班里那几个留在纽约的同学说，廖工跟那帮人最后闹得挺不愉快的。”

于晓丹瞧了张铎一眼，“哦”地敷衍了一声。她明显是没听进去，当时还在想，这次见面兴许是她和廖世奇的最后一次见面，至于她会不会到他们公司上班，她不清楚。

“刚才的面试怎么样?”于晓丹问。

“从初级建筑师做起，有底薪，看项目给分红。廖工一开始想给我中级建筑师来着，但他身边那个合伙人，好像是个日本人吧，觉得我跟项目的经验不够。”

“日本人?”

“外来的和尚好念经啊，我听廖工叫他‘豆田先生’。我们在哥大那时候不也有一个日本老师吗？以前在安藤忠雄那里干过，后来又跑去跟谷口吉生拉关系的那位。说实在的，第一次见面，我看不透他这个人。”

“你看透过什么人吗?”

“少瞧不起人啊。反正我就是挺硌硬日本人的。”

“你有这个毛病，可没跟我说过。”

“廖师现在牛×了啊。他身上那套西装，我看怎么着也得有个大几万块。”

“人家现在是‘廖工’，不是‘廖师’了。”

张铎挠挠后脑勺，点点头。他们准备叫服务员来点菜，发现给廖世奇留的座位是朝南的上菜位，于是张铎又特意跟自己的位置调换，把西边朝着于晓丹的座位空出来留给廖世奇。张铎在这过程中看了几次表，实在忍不住了就给廖世奇打了个电话。廖世奇没接，因为他人已经到了。他身边果然带着那位豆田先生。那人长了一颗圆圆的秃头，嘴巴下有一撇髭须。经过一番简单的介绍，四个人东西南北地落座。日本人不吃辣，张铎不熟悉云南菜，廖世奇就把菜单很自然地交到于晓丹手上。张铎让晓丹“点点儿好的”，那意思是从现在开始他们就都得听老板的。

“我哪里知道廖工的口味?”于晓丹轻描淡写地带过一句。

菜上齐了，不辣的菜里也淋着星星点点的辣椒。豆田先生一直忙着挑辣椒，张铎跑去后厨帮豆田要了一碗涮菜的清水。廖世奇望着于晓丹，把椅子往大树的方向挪了一点。

廖世奇自斟了第二杯茶，刚倒到一半就被豆田先生阻止了。豆田告诉他，这是烟灰缸。

于晓丹将两只手撑在背后，手背贴着那棵杨树，人向后仰着。阳光下，她的脸是一张将老未老少女的脸，圆鼓鼓的腮帮子，小而饱满的下巴，既平且长的黑眼睛，眼角微微向上翘着。一个短而直的鼻子，下面搭配紧闭的薄薄嘴唇，在无言中也有一种动的感觉。稍稍透红的肤色像是白瓷刚从窑里拿出来的样子，在冬日空旷的瓦蓝色的天里走上一阵，很快冷却了，剩下一种比白还要干净的颜色。

饭后，他们一起走回箭厂胡同。

那天下午，廖世奇原本是要面试于晓丹的，却被一个电话打进来搅乱了计划。豆田回来之后，他跟豆田商议了一下。最后决定省去面试的环节，让于晓丹直接跟着他们去见甲方。于晓丹看了一眼张铎，那眼神不是在征询他的同意，多少带着些试探的意味。张铎一反常态地当众亲了她，亲在脸上。他让她放心跟着老板去。他还另外嘱咐她说："我今早就听老板说这个甲方特别难搞。算上这次，已经是咱们事务所这个月第三次改稿了。"他的重音落在"老板"上，于晓丹瞥了他一眼当作回应。

蜿蜒曲折的小巷尽头，有一个跟他们那儿差不多大的院子。两个戴着面具的年轻女孩正盘腿对坐在树下。这边的杨树长得比他们那边还要粗壮，严严实实地遮住了女孩们头顶的光。豆田先生用日语跟其中一个女孩打招呼，她摘下脸上的面具，很自然地将她的两只胳膊伸得笔直，然后站起身握住廖世奇和豆田的手。

那棵树的后面有一片老厂房，不高，旧时军用房的承重结构。女孩带着他们从一个矮小的入口进入，她说她的老板看过了最新方案，正在会客厅等着他们呢。她一直等到于晓丹也进了门，方才将入口的门带上。她将刚刚另外一个女孩戴着的面具戴在了于晓丹脸上，并解释说他们剧团最近在排一个现代能剧。

女孩手上的这两个面具都是剧中的角色。

“你戴的这个是谁?”于晓丹问。

廖世奇停下脚步，在暗光的甬道里转过头来。

“我戴的这个是日本能剧中的小男孩，名叫慈童。”女孩用口音奇怪的普通话解释说，“象征品格高尚的少年。”话说得倒还算流利。

“那我戴的呢?”

“您戴的这个是个女人，因为眼睛里涂有泥金，所以被称作‘泥眼’。”

“听上去她戴上的是富婆的脸?”廖世奇说。

“廖工说得不对，泥眼不是富婆……她是一位彻头彻尾的妒妇。你没看到她的眼睛是金的吗？眼里充满了由嫉妒而生的恨。在《葵上》这部剧里，泥金面具是六条妃子的专属面具。她嫉妒身边的所有女人，因为她被光源氏给抛弃了。”

于晓丹接着问道:“可我的面具怎么看上去那么恐怖呢？我的嘴，是故意合不上吗?”

“问得好，晓丹。我们就是要帮他们造一个能剧舞台。”廖世奇插话道。

“不过，能剧是什么?”于晓丹问道。

“能剧嘛，很古老，也很有趣。它创造出来一个世界，只有台上的人能看得见，台下的观众却看不见。观众们也知道，他们跟角色离得再近，却始终隔着一层。一个老东西能流传到今天，多多少少都有它独到的东西。对能剧舞台来说，它能让观众看到一些不该被看见的东西。”

这是一条狭长的甬道，除了少女手中的手电筒，三米之外的前方一点光都没有。豆田先生的自言自语，从很远的地方传过来，窸窸窣窣地带着回声。

“上次听你老板说，这里过去是一个防空洞……”

那声音清澈得近乎悲戚，于晓丹猜想前方应该有一个广袤的空间。豆田的声音像是绕了一个钥匙形状的圈，摸着这潮湿的黑黢黢的墙面，来到于晓丹面前。她开口说她羡慕女孩的职业，可以在这样一个剧场里工作。即便他们仅仅走了一半的路，还没来到剧场中央，她都能感觉到有种神秘的东西正在降临。光在意识中漫开。这和她在埃克塞特图书馆里获得的感受类似。

“穿过这个通道，你就进入角色了。”

廖世奇的手指从墙壁上快速地掠过，他的步子也悄悄地加快了。他好像变了，但也好像没变。当他回头看她的时候，依旧是微风吹拂过一片杨树林。她紧跟在女孩和廖世奇的身后，他的呼吸声是细细的，像是风从耳畔匆匆而过。

于晓丹虚虚应了一声，是她不小心踩空了。

“你没事吧?”

于晓丹听见女孩在问。

二

“能剧还是昆曲?”

豆田先生捧着电话敲开了廖世奇办公室的门。

这是阿照打来的电话，她说他们东方剧团的出资人又想让他们改回最初的方案。做一个江户时代的能剧场。

四根整木柱子搭成正台，二百五十平方米。舞台围在四根柱子之间，向正反两个方向开放。换句话说，舞台之上还有一个舞台。这两个平行的舞台向四面开放，如此，观众可以在台下同时看到两个舞台上发生的事。

正台左后方有一个与后台相连的桥廊，环绕庭院而建。这部分沿用第二版方案的提议，以带弹性的松木板间隔制成。在桥廊尽头吊有一块幕帘，作为后台的出入口，也隔出剧场的公共休息区。

最麻烦的部分是桥廊与后座的交界位。阿照说，按照传统能乐剧场的安排，这里应该是要留给狂言师的“狂言座”，可是如今老板要把昆剧班子安排在这个位置。那么这就意味着，桥廊前面连通观众与演员之间的空间，传统能乐里面栽有三棵间隔相等的小松树的位置，又要重新设计了。

于晓丹敲门进来，听见豆田手机里传来的阿照的声音，急迫却也无可奈何:“演员出场也是顺着这个桥廊，从狂言座一路走出来。我们总不能让他们待在原地唱词吧？那不就变成了诗朗诵大会……”

阿照是东方剧场的人。她是甲方的代表，负责对接豆田和廖世奇。她有一个习惯。旁人说话的时候，她总会凝神听着，托着腮，嘴巴微微张开一点，用一支带着橡皮擦头的铅笔轻轻叩着小而白的门牙。包括廖世奇在内，所有人都觉得阿照是个非常不错的聆听者，从不发脾气，永远都有耐心。可是这样的阿照却也总是离人远远的，廖世奇没办法跟她深聊，就连豆田先生也问不出她的底细。

阿照从来不提自己的私事。她只是说自己曾经在大阪大学学习过能乐，后来结识了东方剧场的老板，跟随老板来到北京。廖世奇从其他建筑事务所那边打听过阿照，得到的反馈都是不咸不淡的夸赞。他们说，阿照他们对所有竞标的建筑师都一视同仁，阿照本人对中国文化的一切都很有兴趣。

她很美，像日本人那样寡言、多礼。从不拒绝中国乙方的搭讪，然而等人家有了更进一步的要求时，她又立即躲开了，委婉地道明他们是工作伙伴，任何私人关系都会破坏他们的合作。

然而就是这般让人捉摸不透的阿照，竟然主动约于晓丹到她家里坐坐。于晓丹把阿照的邀请告诉了廖世奇和豆田。豆田先生交给她一本书，说是麻烦她转交给阿照小姐。这本书是三岛由纪夫《近代能乐集》的中文译稿，豆田的朋友知道阿照是这方面的专家。于晓丹还在犹豫是否该由她来交给阿照。她和阿照并不熟，她也不会讲日语，这样贸然前往会不会有点唐突？廖世奇却对她说，有这本书做由头，有他作保，没人敢轻易欺负她。

于晓丹握着一张写有阿照门牌地址的纸条，按图索骥地找到新源里老楼的一间两居室。门没有关实，于晓丹轻叩了几下之后推门而入。她想这大概是阿照故意给她留的门。她继续往里走，看到这间房子虽然不大，却有四个大天窗。屋里的墙被刷成了黑色，地上铺着一块相同颜色的地毯。地毯很大，让人每走一步都要小心谨慎。不管大跨步还是小碎步，最后都要落到方方正正的黑色大毛毡上。

家里没有家具，只有一面墙的角落摆了几盆灌木类的绿植，有一盆是山茶花，其他的几盆她都叫不出名字。同一面墙上挂着一些能剧演出、排练的照片，依旧选择了与整个空间匹配的黑白色调。

光扑进来，虚掩的门被推开，于晓丹看到一袭白衣的阿照正在光下起舞。通过脊柱的旋转、打开、折叠，她将身体化作水一样流动的曲线。眼看着她就要倒下的时候，她在一呼一吸之间将身体一扭，陡然站了起来。

“你来了很久了吗？真是太不好意思了。”

阿照没有化妆，微带苍白的脸因为运动而变得绯红。两片没涂口红的薄唇一张一合，这样反倒露出她整齐的牙齿。

“没想到你还会跳舞。”

“嗯。很早以前学的，一些歌舞伎的基本动作，学了能剧之后都忘得差不多了。我现在在学昆曲的动作，看来很快就会把能剧也全忘了。”

“你跳得很好。”

“真的好吗?”阿照眯缝着眼睛问，“跟坂东玉三郎的《牡丹亭》比还是差远了呢。”

“我没看过坂东玉三郎的表演。”

“那你可要补补课了。他是我们‘日本的梅兰芳’。你等我一下，我给你找段视频看。”

“没事，不用了。我今天来是给你送书的。”

阿照进屋换了一身衣服。

“你为什么来中国，阿照?”

阿照双眉紧锁。她沉默了一阵后说:“我觉得我是个中国人。我不是吗?”

于晓丹笑了。

阿照清了清嗓子，说:“在日本，你始终能感受到中国的影子，像个守护神似的存在。”

阿照走在前面，于晓丹跟着阿照进了屋，来到内屋的一处茶室。茶室里只有一张小桌台和四叠半的榻榻米。

“你的意思是说，如果这本书在讲能剧，就不能有儿女情长了?”

她们在榻榻米的两端坐下。于晓丹将豆田先生托她带来的书递给了阿照。

阿照难得收到日本朋友送过来的东西，她也不曾等过任何礼物。她说她来到中国以后，已经将自己当作一个中国人来看待。尽管如此，她一拿到这本《近代能乐集》，就饶有兴趣地当着于晓丹的面翻了起来。

阿照用的是中文朗读。读完，她叹了一口气道：“《葵上》这个故事用中文看，也是这么奇怪啊。现实生活中，哪会有人妒忌成狂呢？果然传统的东西是不能硬改成现代的，无论是哪个文豪来写，结果都是一样的怪。”

“哦?”于晓丹拿过了书，盯着封面上的名字认真地看了看。

“没有人说得清两个主人公是否真正爱过。”

“主角的名字叫什么来着?”

“这里，是六条妃子在说话。”

于晓丹顺着阿照的手指着的地方，读了起来——“啊，你像这样说话，对我来说就是药，是抹在伤口上就能立即痊愈的药，是无匹的良药。可是……你很懂这种方式。你会先抹药，然后再割伤我，而决不会反过来……你每次温柔地对我说话，我都会为你的可怕而颤抖。因为我不知道，在这样的良药之后，会跟着怎样残忍的伤口。这个时候，我会觉得，宁可你不要这样温柔地对我说话才好。”

“你好像很肯定，自己总有一天会面临痛苦。”

“就像白天过后，夜晚一定会降临那样，总有一天，痛苦会到来的。”

“别再说这种话了。”

没等于晓丹发现，她跟着阿照已经进入角色了。

“是啊，只要还能说这种话，我依然是幸福的呀。”

于晓丹看到阿照合上书，开始端详她的脸。

“你是六条妃子，现在到你变身了。你因为我爱的是葵姬，你嫉妒疯了，所以你活生生长出了一对泥眼，变成了丑陋可怕的般若。”

“什么是般若?”

“一种比泥眼还可怕的妖怪。如果说泥眼是活人灵魂出窍变成的怪物，那么般若就是死了的恶灵。”

“那你呢，你是什么?”于晓丹顿了一下说，“光源氏不变身吗?”

“在我们的戏里，‘渣男’是不变身的。他得坚持住，一路‘渣’到底。”

于晓丹俯首良久，想接却接不上话。最后，她们两个都笑了。她告诉阿照，自打从美国回来以后，好久都没这么笑过了。

笑完了，阿照扭过头去，继续翻着那本书，过了一会儿又朗读起来。

三

于晓丹动身去美国之前在学校宿舍里住，她的父亲有一次来看她，带着他当时的学生一起来的。三个人在建筑大学门口的莫斯科餐厅吃了饭。她爸爸那天很高兴，席间一直在夸他身边那个年轻的清华学子多么有出息。这是他教的那届孩子里最出色的一个。

男孩不说话，只顾着吃餐前面包。他身上没有什么特别之处，反而让他窄窄的肩膀和细长的脖子显得更加突兀。面包篮吃空了，他又向服务员多要了一篮。新面包端上来，他挑了一个最大的递给于晓丹。于晓丹拒绝了。

于晓丹向来不喜欢她父亲的学生，曾经有几个来她家做客的男孩子在她看来都是精致的利己主义者，对她父亲总带着一种勉为其难的攀附。所以于晓丹在第一次见面时很自然地把张铎归到了这一类人里面。她虽然说不上自己喜欢什么，但却知道自己讨厌什么。她跟她继母吵架拌嘴的时候争拗最多的也是“清华”这两个字，她就是看不惯他们“清华建筑人”。

“什么‘清华建筑人’，不就是一群造房子的吗?”

于晓丹从张铎的身上看到了她父亲的影子，这种人肯吃苦也肯钻营，会成功但不会快乐。所以这顿饭吃下来，她故意对张铎表现得很冷淡。一直等她进了校门，张铎才追到铁门外问她要联络方式。她在校园里隔着高大的松杉远远望着门外的张铎和更远处的父亲，先是漠然，但等她转过头来，眼泪却不知不觉地来了。那是2008年冬天，这次聚会前不久，她父亲带着她的新继母一同出席了奥运会主场馆鸟巢的开幕式。她没想到父亲百忙之中还有空将她推出去，推给一个外人。如果她的母亲还在，看到父亲为她介绍了一个他那样的男人，母亲会怎么看？母亲大概会笑，笑她跟自己一样孤独。想到这儿，她的眼泪再也止不住，离开了外人之后，才在寒风中抽泣起来。她知道她这是在哭给自己看。

她的母亲在她上小学二年级的时候就过世了，但是她总觉得家中留有母亲的气息，欧洲样式的古董收音机，金丝楠木的化妆匣，彩色玻璃柜里的芭蕾舞鞋……橱柜里喝咖啡用的小勺子，仍然泛着轻柔的颜色，好像那些离她已经很遥远的东西从未走远。她所知道的最好的一切，都摆在父亲沙发一旁的收音机上面，那里有一张母亲年轻时的小像。她去美国之前，父亲明显见老，经常一个人在沙发上看报，手捧一份旧报纸，一坐就是半日。收音机开着，收音机顶上的母亲在照片里轻轻地笑。

父亲是寂寞的，不然他也不会在送她去机场的路上抱着她大哭。父亲的房间永远是下午，于晓丹不喜欢这四面环书的环境，感觉稍待片刻就要跟着窗外的斜阳一道沉下去。后来，父亲娶了小他二十岁的学生。这位大她没几岁的继母搬进来这个家，于晓丹就更少回去了。

上一次回家赶上过年。继母给自己倒了一杯水，父亲不小心喝了，结果被继母训斥了一顿。父亲这么大年纪还离家出走，生生在学校里住了十天。这件事也是于晓丹回国之后才听说的。她继母在吃年夜饭时提起，看似无意，实则是在训诫她的父亲。她听了很不高兴，一回头又猛然发现母亲的照片被人从收音机顶上取了下来。父亲也跟着她回头，悄悄放下碗筷，借着去洗手间的空当跑到朝南的阳台上抽烟。她隔着毛玻璃窗看到父亲在阳台上反复徘徊的模样，刚想说点什么却被她的继母打断了。继母见他们父女这个样子，当场发作了，放出一句专说给她听的狠话——“结了婚就不要回来干涉家里的事。闲事管得多，那也是不孝！”

清华建筑系里面对这对老少恋的结合，有微词的人不在少数。按道理来说，没有学生议论老师的道理。但是谁让这位新婚妻子是大他们几届的师姐，还曾经担任过他们的辅导员，师姐要和老师结婚的事一经传开，系里马上炸了锅。难听的话此起彼伏的，一浪还比一浪高。张铎对这位师姐没什么印象，也不关心于老师和师姐之间的八卦。有同学说，这个师姐作风有问题，专挑在行业内有话语权的男教授下手，于老师已经不是第一个了。也有同学说，师姐曾经还帮于老师照顾过病中的师娘，原也不是什么坏人。还有好事的人说，这师娘和师姐眉眼看着倒有些相似呢，都生了一双怯怯的眼睛。

中年丧妻再娶本是一件再寻常不过的事了。但于老师在师娘去世不到一年就迎娶师姐，这在于晓丹心里总是个过不去的坎儿。于老师总是推诿说，他一个四十岁的鳏夫要带一个九岁的女孩，外加照顾两家人的父母，实在是疲惫不堪。师娘去世后不久，师姐经常来送温暖，还会曲线救国，时不时做些小菜送给于老师的前任岳父母。那老两口看着这女孩不错，想着将来会对晓丹好，也就松口同意了。一家人直到晓丹上了中学，才发现了这位新媳妇的面目——一个不折不扣的“女结婚员”。结婚之后，她每个月只给于老师五十块烟费，剩下的钱全都攥在自己手里。以至于晓丹想买个铅笔盒都要看她的脸色。有时，于老师也调侃自己说：“现在咱家的钱我做不了主，得回去请示你妈。”

“她不是我妈！”这一句听着倒像晓丹说的。

张铎听了这些说法，也只是陪着傻乐，不敢往心里去。毕竟是自己导师的家里事，他听与不听、听多听少都不合适。可是最近的一次，他跟晓丹回西边碰见这位既是师母也是师姐的女人，这人对他倒是蛮不客气。他只不过想借用一下于老师家的户口本，老师都已经点头了，可这继母就是死活不肯。继母说这是她家的东西。张铎说这是为了他和晓丹买房子用的，他们准备把晓丹的户口从西城迁出来，这个户口本一用完就立马给她还回来。好话说尽，继母还是不肯。她坚持说这是老于要掏私房钱来给女儿买房子，张铎不过是一个幌子。

张铎这才急了。他用演讲的方式向晓丹的继母坦白自己的人生规划，谈到了未来孩子上学落户口的事，他一边说一边瞥向于晓丹，像是要先征得她的同意才能继续往下说。这样下来，整个“演讲”说得期期艾艾。讲到一半就被继母打断，继母说她不想听废话了。她要直接跟张铎背后的“始作俑者”对话。于是，她掉过头来质问于晓丹道：“平时也没见你来征求我的同意，怎么今天想起我来了？”

“你想多了，不需要你同意。这是我的家，我爸同意就行。”于晓丹说。

“你倒是去阳台把老头子薅过来呀！一口一个‘爸’，平时怎么没见你这么殷勤！”

就在这时，于晓丹的父亲不知道从哪里冲出来，唰地甩了继母一个嘴巴。于晓丹的继母本能地要还手，被冲上来的张铎给架住了。

翌日中午，于晓丹的父亲就把张铎叫到办公室，把户口本封在一个牛皮信封里交给了他。张铎看到于老师胳膊上的抓伤和眉间的乌青，感觉他的老师在不到一天之内老了许多。于老师反倒笑了，笑里带着失败者的脆弱。他告诉张铎，保不齐将来哪天他们小两口动起手来，万一晓丹打他，他可不要还手，不然往后的日子就要捏在自己女人手里，只要女人将来想翻旧账，那他的日子休想好过。

于老师也让张铎帮他做做晓丹的工作，让她原谅她的继母。于老师说这话时，语气里带有一种恳切。他也说，原先娶这个女人就是因为自己累了。尤其是晓丹的妈妈走后，他就觉得自己老得很快，身边的一切都开始变模糊了，连他心爱的女儿也看不清楚。他想找个伴，不想再要晓丹母亲那样的“女神”。他促狭地想，一个平凡的普通女人倒也不错。这样他就可以做自己，后半辈子完全松弛下来。

当然，这些话他没有对晓丹说过。

接连一周，于晓丹都不跟张铎一起上班。大约到了十二点，她一个人到公司对面买一个肉夹馍。她不爱吃猪肉，却这样连着吃了好几天。她有点生张铎的气了，这个男人没什么用不打紧，烦人的是他说话不过脑子。张铎也跟她闹了别扭，他气她不接电话，连累他被于老师骂。

他对她的报复就像女人使小性子，拿捏住了她心里的不痛快，愣愣地往她的伤口上撒盐，他说什么——“知道你有个好爸爸，于老师他什么都好，就是把你惯坏了！”她也急了，骂他——“既然那么尊师重道，那你怎么不跟我爸结婚?”

于晓丹接到她父亲的电话也是在一天饭后，她刚坐到自己的工位前就听到电话铃响了。她的办公桌斜放在廖世奇办公室门外，她现在负责接听他的所有工作电话。这一通电话来的时候，她没有多想就拿了起来。

“户口本上周已经给了张铎。”

她正准备挂电话。

“晓丹，别挂……”

她看了看新堆在她桌面上的一些文件，其中有一大摞是关于能剧舞台的，除了日语材料，还有英文的。文字上方配有一张图，图中的表演者身着华丽的和服，把一部戏中戏剧人物的一步一顿变成一悲一伤，把一抬手一起脚变成一哀一枯荣。在与父亲短暂的沉默中，她对着剧照看得入神了。

“晓丹，爸爸前几天见到你领导了，他给了我你的座机电话。”

“哦，你跟他提到我了?”

于晓丹有个习惯，她在不想说话的时候开口就会发出凝重而深沉的“哦”声。她明知道父亲不喜欢她这样，可她依旧自顾自地“哦”着。

“你一定要在他手下工作吗?”父亲不由自主地探问了一句,“他成家了吗?”

“你干吗管人家的闲事?”

“我们那天聚会，他跟几个有钱的地产商纠缠在一起，喝得不成体统。”

“您说的咱们家好像多有体统似的。”

“晓丹，你不知道，那些老板中有几个都是离了婚的中年女人，出了名的……”

“估计是我们的哪个甲方吧。爸，如果廖世奇不‘纠缠’她们，我就得去‘纠缠’。我不去，张铎也得去。我们都不去，全公司就都得滚蛋回家喝西北风。”

“啊?我没有别的什么意思，我就是提醒你……”父亲自言自语道。

于晓丹怀疑父亲是听说了廖世奇在纽约的事才专程给她打的这个电话。他想要从她这里确认，廖世奇是不是在纽约混不下去了才来北京的。

“今天天气挺好的。”于爸爸嘟囔了一句没意义的话。

“哦。”

“北京冬奥会不是刚刚申办成功嘛，我想着要是能推荐你去做一个项目统筹……”

于晓丹打断了他，她要开始工作了。

“你的工作真像你说的那么忙吗?”

“嗯。”

于晓丹继续翻看那些介绍现代能剧的资料。她揩了一下眼角，不知道是眼屎还是眼泪，或许两者多少都有一点。挂断电话之后，她怎么也回想不起来刚刚看了些什么。

四

按照和廖世奇约定的时间，于晓丹从鼓楼西大街小八道湾胡同拐进小剧场。她在胡同尽头遇到了正在找位置停车的廖世奇，他开着一辆还没有上车牌的路虎。门卫室旁边立着一块告示牌，上面写着：停车场只供内部人员使用。门卫室的大爷走到了车前面说："快开走，这儿不让停。"

廖世奇摇下了车窗，指着车门外的于晓丹对大爷说："她是今晚这场话剧的女主角。"

大爷咧嘴一笑，那表情明显是不相信。

她自己回想时，也只说自己在走路，跟平常没什么区别。

于晓丹用极慢的步子走到门卫室门口的玻璃前，她做出把花插在枕边的样子。顺着她插花的方向，她用手遮住了玻璃。她低下头，头发一下子倾泻下来，遮住了半张脸，剩下的半张脸，似笑非笑。她的眼睛跟门卫室的玻璃一样，从里面看得见外面，从外面看不见里面。

廖世奇急忙走了上来，他挡开了于晓丹的手。

"于晓丹？"他一出声就后悔了。

这时候，门卫突然在他们身后大喊了一声："你干吗你，没看见这位老师正要入戏吗?”

随着大幕拉开，真正的女主角登场了。

阿照这次演的是《葵上》，一出经典的现代能剧。

整个舞台被打造成一个医院，阿照踩着能乐的伴奏从一个走廊踱入一间病房。一道光从舞台左侧的大窗投了进来，追着她来到舞台中央。从那光的明暗可以看出，这大概是一盏路灯。此刻夜已经深了。

一个戴着慈童面具的中年男人拎着旅行包，没脱雨衣，被阿照领了进来。他压低声音说:“她睡得还好吧?”

阿照说:“是，睡得很好。”

舞台上的电话丁零地响了起来。

阿照饰演的护士做了一个接电话的动作。她拿起听筒，仔细在听，接着她说:“什么声音都没有啊。”

“也许是出故障了。谁会在这时间打电话来?”

“尽管如此，还是要给患者留一部电话比较好。您不知道，最近葵夫人入睡之后，总是动得很厉害：有时举手，有时嘟囔，有时身体左右扭动。”

台下，廖世奇正扭过头去静静打量着于晓丹的脸。于晓丹让他“好好看剧”，可他还是没有转过头去。廖世奇说他在“听”阿照的表演：“光是听就够了。”

接着是台上的男人在说话。他问道：“内人现在接受的是什么治疗法？”

“睡眠疗法。”阿照加重语气说，“可是最近总有一位夫人在半夜来访。她差不多该来了。我每次都在她来的时候回去睡觉，因为，不知道为什么，在她身边的话，就会变得特别郁闷。”

“是怎样的女人？”

“她是一位奢靡的太太，感觉像是大资产家的贵妇。不过，越是资产阶级的家庭，性的压抑就越发强烈……总之，她快来了。”

还是阿照在讲话。她走到舞台左侧，猛地拉开窗帘。

“……请看啊，还亮着灯的住家几乎已经没有了。只有路灯鲜明地、笔直地排列成两行。现在是爱的时刻。请看吧，他们互相爱恋、互相战斗、互相憎恨。白天的战斗平息之后，夜晚的战斗又再度开启……即将死亡的人们，为什么会有那么平和的呼吸？他们为什么把自己的伤，把那开着口的致命伤，像荣耀似的展示给人看，就这样死去?”

廖世奇的嘴就要碰到于晓丹的耳朵。

于晓丹迫不得已用手将他的脸扳过来，严肃地对他说:“‘请看啊’，阿照不是才说了让我们看……”

廖世奇不顾她的阻挠，还依附在她耳边哧哧地笑。

“你别这样，好好看剧。”

“可阿照明明也说了，‘现在是爱的时刻’。”说着廖世奇又笑了。不过，这次他没有发出声响。

于晓丹摇了一下头。

大幕拉起，中场休息。

廖世奇和于晓丹随着人群鱼贯而出，就在这时于晓丹收到了阿照发来的信息。阿照让他们来舞台后面的出口。他们照做，绕着剧场的外沿走了整整一圈，最后在几盆长得像孩子那么高的山茶花前停下了脚步。

盆栽架上落了雪，大概是前几天下的。阿照手里拿着面具，身穿雪白的衣服，拖着绯色的长袴，从后门口探出了头。看样子她已经换好了下半场的服装。

阿照很自然地接过于晓丹手里的烟，轻轻嘬了一口，然后吐出像她的脸、她的脖颈和她的上衣那样白的呵气。

“怎么下半场还要演传统能剧里的角色?”于晓丹问。

“我下半场还要客串六条妃子的恶灵呢。”阿照手里的正是她排练时曾经戴过的泥眼面具。阿照把面具拿在手里，一边转着面具一边说:“你们也觉得有点乱吧？真没办法，导演没有想清楚哩。他又想要现代剧，又想要传统能剧的元素。”

“这就跟我们做建筑似的，你不能什么都占上……”廖世奇从阿照的手里拿过泥眼面具，琢磨了一阵之后将它戴到于晓丹的脸上。

然而于晓丹取下了头上的面具，把它塞到阿照手里。

“我们做甲方的也不能把想法强加在你们身上。”阿照看出了这两人之间的不自然，为了解围她不得不转移话题。她说:“尽管在舞台上演员是需要一个对手的。”

“能剧也是这样吗？我们刚刚看你的表演，那个演光源氏的人根本不是你的对手。你演得比他好。”廖世奇说。

“在传统的能剧舞台上，一直都有让神明落座的位置。所有演员的动作和他们所说的话、身体的感觉统统指向这个入口。”

“难怪我刚才看你跟其他演员的走位有些不同。”于晓丹说。

“所以，与其说你欣赏到的是我的表演，不如说是在看我们这些演员如何与那个中心相互对应。”

“我记得我在希腊看过一个古希腊的剧场，它也有类似的情况。据说建筑师在建造剧场之初就会给饰演酒神的祭司留出一个特定的席位。演出时，演员也会以这个点为中心进行表演。”

“是吗？你什么时候去了希腊？”于晓丹接着廖世奇的话问。

“几年前吧……我忘了。”廖世奇自觉说了不该说的话。

说漏了嘴，廖世奇只能用笑来应付。他应对得不好，因为他发现自己没办法像在纽约时那样对她。他们之间不再自如，也失去了过去的那种轻松。就像面前的山茶花枝子——它还是山茶没错，却光秃秃的，一片叶子也没有。

回到台上。戴慈童面具的男子不知什么时候已经把面具摘掉了。他望着阿照的脸，笑容一点一点往下掉。他嘴上说着:“我那时过得特别不稳定，总是到处闲晃。因此我想要一条锁链把我锁住，要一个牢笼把我关起来。你就是那牢笼。然后，当我再次想要自由的时候，你依然是牢笼，依然是锁链。”

阿照正戴着那张白色的、似笑非笑的面具。白色面具上黑色细长的双眼，眼眶里涂满了金泥。于晓丹想起阿照曾经说过，这个面具表达的是一个女子因嫉妒而愤怒，同时又压抑着怒火的瞬间。

面具把阿照小而美的一张脸完全遮住，抹去了她日常生活中灵动可爱的表情。那双金色的泥眼，不属于阿照。它看向观众席上的每一个人。那目光没有焦点，不容分说地将于晓丹吸入另一个时空。

于晓丹听到阿照轻轻嗫嚅着说:“在我这个牢笼里面，

被我这条锁链锁着，想要自由的你，看到你的眼睛，我简直快活得不得了！那个时候，我才开始真心喜欢上了你。那时是秋天。刚入秋的时候，我招待你到我的家去。我是划着桨去接你的……那是个晴天，桅杆温柔地、咯吱咯吱地说着话。那条小舟……”

一段诡异的音乐响起，哑如咒语。那是舞台侧后方的能剧伴奏者用小鼓、大鼓和横笛奏响的奇特号子。紧接着，真有一只小舟从舞台左侧滑出。它悠然地前进，停在台上那两个人之间，就像是一张帷幕陡然遮住了病床。

“晓丹。”廖世奇低下头自语了一句，“晓丹，如果不是我来找你，你打算就这么一直躲着我，是不是？”

于晓丹没有回答。

廖世奇的问话就停在这里。

再抬眼时，他们同时看见，台上的阿照换上了魔鬼般若的脸。

第三章　观众席

一

附近雍和宫的钟声，每逢初一、十五都在六点左右敲响。

豆田先生对这钟声很着迷，快到敲钟的时间了就会到方家胡同东口站着。几次下来，他告诉张铎，每次敲钟一百零八下，一下都不少。

春节过后，张铎和豆田走得近了些。他们被分到一个小组，负责公司在成都的一个民营美术馆项目。张铎有时也跟着豆田往巷口一站，侧身看着豆田的脑袋随着那钟声轻微地起伏。他后来发现，傍晚发出的不是钟声，而是鼓声。所谓“拂晓敲钟，黄昏击鼓”，真正的钟声是要早起才能听到的。这是熬夜赶稿画图得到的意外发现。他再站到巷口时，那一天，豆田正鞠着躬跟胡同口的大爷请教遛鸟的学问。

“啊?”豆田看上去非常吃惊的样子，他正在对着身旁的大爷说，“您刚刚说您这只鸟足足‘压’了两年?”

张铎凑近了一瞧，豆田身边着大绒褂马甲的中年男人肩上不偏不倚地落着一只鸟。黄色的，头顶到上背有一条先窄后宽的黑色纵纹。那个男人说话时会管这只鸟叫“我家那婆娘”。

“我家那婆娘?”张铎问。

“百灵鸟。您想听什么，它都能说。一只百灵可以叫出十多种玩意儿，除了自己的声音，什么山喜鹊、大喜鹊、伏天儿、苇诈子、麻雀打架、公鸡打架、猫叫、狗叫，这些都不是个事儿！”

豆田绕着这鸟转了一圈，忍不住问：“为什么一定要‘压’它？”

“不‘压’不行啊，您是不知道我家这婆娘脾气多倔。不是我吹牛啊，别的鸟放我那儿，‘压’一年都嫌多。这‘压’鸟就是为了彻底驯服它。等到它真的认了你这个人，它就不会跟别人跑了。习惯了你，它才会在你面前扯着嗓子可劲儿地叫。”

“‘压’好了就不需要再遛它了吗？”豆田还是鞠着躬十分客气地问。张铎看他的神态，还是对大爷的话一知半解。

张铎转过身来冲着大爷“压”鸟的那个肩膀，嘴里“嘟——嘟——”两下来逗那只鸟。

“它还真的不理人呢。”豆田不禁一惊，仔细端详起那只鸟来。

“所以老话说得好，鸟为什么要遛？不遛不叫！”大爷说，“让鸟学叫，最直接的办法就是让它听别的鸟叫。现在眼瞅着就要入春了，咱们方家胡同这附近养鸟的会办个聚会，到时候各家把自己家里那婆娘带来，都挂在这胡同过道的树上，此起彼伏地赛着叫，那就是一年一度的‘会鸟儿’大集！”

“‘您家那婆娘’到时也会参加吗？”豆田又提了一个问题。

“我家这婆娘从来都是胡同第一，您就瞧好儿吧。”大爷话音未落，他肩上的黄鸟就知趣地抖抖翅膀，吊起嗓子鸣叫一声。

“可惜您说的是日语，咱们这是中国鸟，没辙，学不了。不然怎么也得让它跟您露一手。”

“得嘞。时间不早了，我们两口子去会会隔壁胡同的朋友。”

豆田蓦地直起腰来。张铎也抬起脸，两人的视线正好相遇。他们同时看到大爷伸着胳膊，脚向前迈。那只百灵鸟纹丝不动地站在大爷的肩膀上，没有颠簸，也没有飞走。大爷过到巷子对面的马路牙子上后，还挥动着没有鸟的另一只胳膊跟豆田他们告别。他虽空着手，却仿佛拿了什么不得了的东西。这一幕给豆田留下了深刻的印象，以至于他回到公司以后逢人必问北京大爷到底是怎样一种神奇的存在。

不知不觉，豆田已经来北京工作快十年了。他办公室柜子上系着的稻草绳，竟然还是八年前他在镰仓长谷寺过新年时求来的。十年了，豆田念叨着，他还是不怎么了解北京。

豆田先生长了一副山里男人的身形，精瘦，小个子。他自幼就在寺院里长大，因为长相奇特还得了一个外号——“瘦佛陀”。他平常接人待物都极有分寸，动作幅度很小。他说这是因为他不敢做大动作。童年时，他打哈欠嘴张得太大，结果搞得下颌脱臼了。

豆田先生也确实信佛。他信的是禅宗，这一点公司上下都知道。这次他能拿下成都的项目，成都那边的资方就是他曾经在日本镰仓一道参禅的朋友，那人姓贾。他们在禅寺里共同度过了三个月，从《法华经》开始，前后还读了《金刚经》、《圆觉经》和《楞严经》。其间，他们吃住都在一起。入寺前前后后经历了不少考验，有一项需要弟子在狭小潮湿的房间里坐禅三日。那位贾先生有风湿病，坐到第二天夜里就扛不住了。结果是豆田先生替他完成了剩下的一天一夜，他只管抱一个暖炉在屋子里最暖和的角落呼呼大睡。所以这个项目这次落到豆田身上，大家都明白，这是贾总来“报恩”了。

施工的要求比东方剧场简单得多。贾总说是建一间美术馆，实际上只要帮他设计个白盒子，造一个空间来展示他从亚洲各地拍卖回来的禅画精品。

在贾总的这些藏品中，有三分之一是从纽约佳士得拍卖回来的。镇馆之宝是法常和尚牧溪的一张单色水墨画，跟《潇湘八景图》同年份的习作。哪怕是习作，留传至今也是极为罕见的。按道理说这件作品应该被北京故宫博物院或者东京根津美术馆收藏，贾先生却在2008年华尔街经济危机时从一个犹太古董商那里“捡了漏”。他舍不得给外人看，走到哪里都随身带着。据说只在豆田先生到访青城山，二人秉烛夜谈时拿出来过一次。

这个项目张铎进入得晚，他跟着豆田先生开了几个会，还没见过这位贾总。张铎之所以能进入这个项目，也是因为他研究生时修过一门讲日本禅宗的课程。

禅宗讲求顿悟。渐修之后，顿然领悟。

张铎进组一个月，连“顿”的门还没摸到，更别说“悟”了。眼瞅着下周要跟甲方开会，他连一张建筑草图都画不出来。

悟不了，放不下，顿悟的心愿就一直悬着。回了家，人依然是在悟的状态里。

“张铎?”于晓丹推门而入，问道，“你在家啊。在家怎么没开灯?”

张铎没有搭理。

“我带了一些青团回来，抹茶口味。今天我在阿照家跟她一起做的。”

“我不要。她怎么什么都会做啊?”

“我也没想到。她做起青团来，比我还熟练。”

“她才是地道的中国人吧。”张铎淡漠地说，“整天在办公室听小日本的话，回到家还得吃小日本做的东西。”

于晓丹已经把她的鞋放进了门口玄关处的鞋柜。她把张铎乱摆在柜子里的鞋子也都一一收拾好。她走了进来，倚在张铎所在的书房门外。

“喂，怎么啦？豆田先生欺负你了？”

“他人挺好，还说要是我画不出来也没关系，他会处理。”

“那还不好。你这是在犯什么傻？”

张铎一愣，抬了抬眼。

“哦，你干吗？”

“有没有人跟你说过，你说‘哦’的时候特讨厌。”

张铎说着从屋里走出来，在客厅的沙发上瘫坐下来。他走出书房时，嘎嗒嘎嗒地摇了两下门把手。

“你知道你为什么画不出图吗？”

于晓丹用细而长的眼睛打量着他，表情像是在抗议。

“要是想数落我的话，我劝你就此打住。我今天心情不好，不想跟你吵架。你要是有良心，就能听出来我已经在给你找台阶下了。”

“你要搞清楚，我是在帮你。”

“按你的意思，我顿悟不了，还他妈做不了这项目？”

“有的东西要等，它该来的时候自然会来。”

“明白了，还是我的良心出了问题。”

“你把我给说糊涂了。”

“我的良心告诉我，咱俩之间有什么东西变了。”

说完这话，张铎掉过头去半晌不再言语。他再想说什么的时候，于晓丹没有等他，就势回屋睡觉去了。

翌日清早，天还没亮，张铎就动身前往公司。于晓丹煮咖啡的时候，发现张铎把昨晚剩下的青团全吃光了。他在切菜的砧板底下压了一张纸条。上面什么也没写，空白处只画了一个模模糊糊的黑盒子。

二

接下来的几个月，廖世奇的事务所一直在竞标国内外的项目。

资本市场是无情的。只有拿下这些项目，他们才能吸引更多的资本。有了资本，他们才能做项目。他们急等着这滴血呢。靠着这滴悬而未落的血，廖世奇把会从早排到晚，可以一整天不吃不喝。就算是豆田负责的美术馆项目，廖世奇作为合伙人也要跟着一起开会。他常常抱着一个马克杯往会议室角落里一坐，不让甲方看到，也不轻易发言。豆田先生注意到他了，在会议结束前特意请他跟甲方说两句。他一副睡眼惺忪的样子朝着豆田他们摆摆手，说就不说了。等会议结束了，廖世奇会把豆田和张铎都叫到茶水间，带上一张纸和一杆笔，三个人讨论上几个小时再出来。廖世奇作为老板，威严和耐心不是没有。

在茶水间，廖世奇找张铎谈了一次。他说他很喜欢他设计的东西，但是他给不出什么修改意见。张铎不明白他哪里做错了，他按照甲方要的感觉走，是材料不对，细节不够，还是比例失调？廖世奇反问他，如果明天山里起了大火，你的这个木头房子会从哪个地方开始烧？张铎答不上来。廖世奇又问，如果明天山里发了洪水，你设计的这个建筑会从哪个位置开始垮掉？张铎的脸一下子红了。张铎意识到他没有做排水系统。这是他职业生涯里接的头一个项目，那些他以为有着金刚不坏之身的房子，在现实世界不过是一堆烂木头。一场大雨，一口瀑布直接泻在屋顶，再精细的栋梁也会被自然压得扁扁的，哗地落下，大雨大水时来不及避，把人砸死、溺毙也不足奇。

茶水间是公司上下唯一一个不透明的空间。于晓丹不说话，廖世奇就在她身旁一直等着。他说他明白女秘书的尴尬，一本正经会被人说她“装”，待人和善会被人说是“婊”。非得她真做出什么出轨的事，比方说睡了老板，这帮嚼舌根的才能消停一会儿。于晓丹听着这话，脸唰地红到耳朵根。

“这些话传到你太太耳朵里，恐怕就要不好了吧?”

正午的阳光明晃晃的。没拧紧的水龙头滴滴答答。

廖世奇突然感到胸口一阵颤动。他不得已，捂着胸口说:“我已经不准备跟她结婚了。你说，我下一步该怎么办?”

这个动作让他看起来有些滑稽，一副要与人推心置腹却又豁不出去的模样。

于晓丹说:“放下吧。”

“放下什么?”

“可是我什么都没有，你看我的手。”他说着凑近了于晓丹耳边，把双手摊开给她看，“你要我拿什么放下？”

于晓丹思索着刚说出口的话，从她的表情来看她是后悔了。她的妒忌心不知道从何而起。也许是被廖世奇这种近乎麻木的态度所影响，她作为女人的欲念反而被唤醒了。

“要是怎么也放不下，那就把它全部挑起来！”她说完又后悔了，这是一句她自己也不理解的话。

最忙的日子里，还有媒体记者登门拜访。

有时候一来就是好几个。于晓丹安排他们在有阳光的候客厅稍作休息。他们都是为了新一届亚洲建筑师奖而来，说是要在进入终评阶段之前为五个候选人拍摄宣传片。他们需要采访廖世奇，今年入选的五个亚洲建筑师里有他。

记者中最资深的一个，忘了带采访稿。她跟着于晓丹去了打印间，麻烦她帮忙多打了一份提纲。于晓丹瞥了一眼那张纸，密密麻麻地写了二十条问题。每一条问题里，至少包含两个问号。最后一条是关于东方剧场的，也是因为这个剧场改造项目廖世奇才入围了这个奖——“能不能谈谈这个剧场改造计划？对您个人而言，它意味着什么？”

廖世奇跟豆田开完会后，于晓丹隔了一会儿才带记者们进来。在这一会儿的工夫，廖世奇换了一套没有褶的衬衫，套上了一件西服外套。没找到领带，他只好在见到记者时先为自己的灰头土脸道歉。他直说自己已经十八天没有回家了。豆田送给他的折叠床就放在他的身后，用一套黑白设色的水墨屏风挡在中间作为隔断。在摄像记者架好相机之前，他又跑回屏风后面拿了一趟东西。在采访记者开口问他第一个问题之前，他已经捧着他昨晚完成的剧场模型出来了。

那是一套用美国椴木做成的微缩模型。

细看，整个建筑像是一个被倒置过来的清水寺。由柱子、柱头、额枋、檐壁、檐口、山花等所构成的空间系统，都一整个倒置过来。是啊，怎么看怎么像。于晓丹听到廖世奇正是这么介绍它的——“我的灵感来自京都的清水寺。如果你们去过清水寺的佛堂，就会看见它的结构是架在半空中的。我们在东方剧场这个项目中借鉴了清水寺舞台的设计，让演员从廊桥开始走，最终走上这个半空中的舞台。你看，它是悬空的。”

记者手中的笔快速地做着记录，她提问的声音几乎与她写字的声音同步。她说：“这个舞台不能用一些更现代的材料吗？比如钢或者水泥？安藤忠雄喜欢的清水混凝土也很好啊。”

“清水混凝土可能做出来的效果不错。不过，那就不是能剧舞台了。在那上边表演昆曲也会奇怪。”

“怎么一个怪法？”

廖世奇没有直接回答，他将模型慢慢举了起来。摄像记者端着摄像机追了上去。于晓丹跟在他们身后，她从“录制中”的荧光屏看到这剧场是如何随着她的视线一阶阶下沉。她看到，一条悬桥从舞台的一边斜着伸出，伸向外形好似清水寺神乐殿的佛堂。佛堂后面有一条由山泉汇成的小溪，自峰顶发端，从寺院右侧流过，下到半山腰，积成小水潭，再往山崖下泻水，就成了一道细长的悬泉飞瀑。

舞台的水平表面是架空的。沿着廊桥所在的地方往里走，拐一个弯，就到了方家胡同废弃了的地下防空洞。连接上下的是一个旋转楼梯，通往后台，半露半藏。从图纸上看，廊桥像是一条飞流直下的瀑布，挂在剧场的东面，外侧。

“这么看，剧场变成了一座山。”廖世奇说，“不过，这也没什么稀奇。毕竟清水寺就是建在音羽山上。”

廖世奇继续介绍了剧场墙面所使用的材料。记者连着猜了几次都没猜到，剧场内壁的一圈黑色，那不过是最普通的舞台幕布。

他向众人解释道：“这部分必须用吸音材料。所以‘硬’一点的材料就先失去了资格。你喜欢安藤忠雄，他的清水混凝土太硬了，做不了东方剧场的内壁。”

廖世奇从裤兜口袋里掏出来一个铝丝捏的小人。他将那个小人往剧场中心的舞台上一放，说：“我上次进场试验的时候，甲方代表就站在这个位置。她开口讲了一句话就停下了。她就像你们这样，睁大眼睛盯着我。”

“怎么了，甲方怎么说？”记者追问道。

“她足足打量了我一分钟，然后对我说，‘在这样的剧场里，我根本听不见我自己’。”

访谈已经过半，廖世奇对于光的使用这一方面言之甚少。

廖世奇仅仅解释了，他们如何采用陈列型的“光柱”形成功能照明，如何舍弃了传统装饰照明灯的布局。这么专业的说法，领头提问的那个女记者明显听得云里雾里的。女记者接着又问了一个和剧场灯光有关的问题：

“我们知道您最出名的就是对光影效果的控制。能否跟我们透露一下这次的光影设计？”

这时候，廖世奇纠正了记者。他说这不是“光影”，而是“光”。改造后的东方剧场是在地下一层，能用的自然光不多。他反复思考了很长时间，最后还是回到他的精神导师那里找答案。

廖世奇说，他从路易斯·康那里获得了启发。

“我发现，光和舞台一样重要。它们都有一种悬置的力量。一个表演者站在台上，她就要从现实的自然光环境中抽离出来。她从黑暗的地方走入光亮的地方，她展示给观众的不仅是一次走位。光的变化，让她被我们看见了。”

于晓丹用明亮的目光望着他。他的话像是专门说给她听的耳语，拍击着她的耳膜。

廖世奇继续说：“如果说影子和光是一体的，那么这个空间给予人的感受应该是那种很静很静的东西。就在表演开始前，这种安静会悬浮在剧场的上空。”

“这位路易斯·康应该是个西方人吧？可听您这么说，我还以为他是个东方人呢。”记者插话道，“您要是不说，我还以为这些话出自安藤忠雄。”

“对，他还给这种静谧取了一个名字——Lightless and Darkless。意思是，无光也无暗。”

说完这话，廖世奇看着于晓丹。他在她的面前没有潇洒和自信，相反，还有些腼腆。

那些记者纷纷顺着廖世奇的视线看向于晓丹，他们这才注意到这位女助理。尽管他们也感觉到廖世奇的目光中有点什么特殊的东西，但他们没有多想，只将这个眼神当作是老板向员工征询意见。

“人的一生，没有一件事可以被真正度量。我们在做建筑，充其量是用可度量的事物帮助自己进行表达。”

隔了一会儿，他又说：“是非常有限的表达。”

三

山间的小径奇异莫测。

过了寅时，张铎跟着豆田沿着他们住的石屋夜游而上，他们看到路过的每一间小房子里都燃着一盏灯。幽黄的光。屋外窗棂上还没有结霜，他们把自己归家的身影默默藏入这山色之中。到了卯时，雾就从山脚上一阶阶地往上爬。张铎爬到半山腰时喘着粗气回过头看，一百零八级青苔斑驳的石阶，层叠高耸。豆田在他前面走着，步伐也显得有些吃力了。他告诉张铎，要到伽蓝寺的山门还要再爬一段山路。

雾起了之后，星星和月亮全都不见了。路也是影影绰绰的。只有石头上的青苔，让人滑上一跤的错愕却是真的。这些没完没了的石阶让张铎害怕极了。他踮着脚，尽量让自己的每一步都踩实。过独木桥前，他勉强放下了他的紧张，靠在一棵高大沧桑的古树下稍作休息。张铎身旁的豆田一直盯着树干上挂着的牌子看，还把牌子上所写的内容念给他听:“百年古树，桢楠。常绿大乔木，为我国特有。四川有天然分布，是驰名中外的珍贵用材树种。”

他们聊起了中国人的自然观。张铎说，中国人向来只注意眼前的热闹，他们对自然的信仰也是扎根在人与人的关系里。即便他们知道“人法地，地法天，天法道，道法自然”的讲究，却还是选择自己那一套“人法人”的道理。上山路上看到的灯火，照亮的也不过是巴掌大的地方。中国人进庙拜神仙，供奉一个苹果，求菩萨保他一世平安。这是很现世、很实在的买卖交易。什么东西都要在他的这个幽黄色的世界里才算数。出了这个世界，他就找不到方向，是树也活不成。

从他们站着的树下遥望刚刚走过的独木桥，可以看见桥的南面隐约露出部分河堤。这是一条什么河？它要往哪里去？这些问题，他们彼此问着，谁也答不上来。顺着桥远眺，还能看到山的那边也笼罩在一片阴郁的绿中，只有晨雾在绿的上方缠绕出一条神秘的白纱。对着这景象，张铎说他想的是“吴带当风”的飘逸，豆田想起的是法常和尚《潇湘八景图》的留白。

白雾若无其事地将人卷了进去。脚步声一阵接一阵，也是若无其事的。

豆田说，如果按照张铎的说法，日本人的自然观比中国人的还要再小一些。他们对自然的崇尚，也包含着一种日本人才有的客气。他们的风土与本能是很薄的一层东西。这说来有趣，从神武天皇开天辟地以来，神与天皇和一，这个神就晃晃悠悠地流传了三千年。日本的阶层固化特别严重，就像张铎说的那样，人都被夹在自己所生活的小圈子里。一个人要是想从下等人变成天皇，那是绝无可能的。几辈子的家族经营，也未必能帮他实现社会地位的提升。所以中国人在日本经常见到的日本世家，几代或者十几代都做着同一件事，这在日本人看来是最平常不过的。这些人只有认命、信命、奉命，在承继和学习中留下一点人生的“白”。

墨色的树冠在雾中缓缓移动。

他们背靠的那棵古树，树干中心有个碗口大小的洞。洞的颜色比树皮要深，像是经年累月形成的一块疤。先是豆田仔仔细细地打量那洞，后来引得张铎也凑了过来。豆田说自己中文不够好，便向张铎请教该如何形容这个树洞。张铎挠着头想了一会儿，他说他也没见过这么奇怪的树洞——一个倒置的菱形，像是有人特意由外向里开了一扇窗。

张铎的话好像点醒了豆田，豆田忽然张开双臂挡在那个洞的前面。张铎没明白豆田在干什么，于是跑到树的另一边照着他的样子也张开手臂。他们几乎同时拥树而抱。树干将近三米粗，要五个结实的壮汉手手相连才能勉强地将它环抱。没办法，两个人，就只能似他们这般楚河汉界地隔着。过了一会儿，豆田突然大笑起来。他说他终于想明白山上的美术馆要怎么开窗了。

“不如做一个内向的建筑?”

建筑跟人一样，也可以从内向外展开。越往前走，这样的楠树越多。参天的古桢楠将路分作两岸，他们就在山缝中穿行。雾从树腰漫下来，一直盖过地面。树根处总是布满了大大小小的苔，形状不一，各自向阴生长。路上经过的石佛也融化在白雾里，身上披着一件青绿色的袈裟。眼看着山门就在眼前，他们却还是走了一里路。

雾浓了之后，太阳反倒显得更倦了，丝毫没有要升起的意思。

伽蓝寺在这山里是独门独户，木栈道后面又是几百级的石阶，一律是空落落、静悄悄的。他们拾级而上，终于在山门前的一盏石灯旁边歇下。张铎说他再也爬不动了，他认输。人到了门边，依然觉得山寺里鸦雀无声，听不到僧人做早课的声音，也听不到有人留在门房等他们。豆田靠在那盏石灯上，深吸了一口气，开始讲一个禅宗故事。

这个故事是关于三个和尚和一只猫的。不，其实有四个和尚。起事的人是唐朝著名的南泉禅师。有一天，南泉发现寺里有两个僧人为了一只猫起了争执。那只猫美艳极了，他们在争到底是谁先发现这只猫的，谁有权将这只猫占为己有。这两个小僧僵持不下，于是找来南泉主持公道。可是南泉二话不说，拿起一把刀将那美猫斩成两截。两个爱猫的僧人自是唏嘘不已，根本不知道该做何反应。这时候，第四个和尚，也就是赵州从谂，从寺外归来。南泉向赵州询问他的看法。赵州听后一言不发。他将脚上的草鞋脱下，倒过来扣在头上，慢悠悠地离开了僧寮。

故事讲完了，又好像什么也没讲。月光一般的日光下，岩石的清冽悄悄摇晃出两张沉思的脸，古人的跫音渐渐消失在倾圮的独木桥上。雾水沾湿了小腿，甚至脸。眼看着，那座桥已经离他们很远了。豆田一边摸着石灯内芯的青苔，一边问张铎道，你觉得这个禅宗故事说明了什么道理？

张铎摇了摇头。不明白。他说没经过佛堂生活的人没办法真正顿悟。

山前面那道陡峭的斜坡是他们与山门之间的最后一道屏障，仿若一堵黑魆魆的墙。墙的旁侧和后面都有小山，跨过小山才算是真正入了这山寺。他们来迟了，寺里大殿的僧侣们已经在念最后一遍《楞严经》了。

众人随着经文，每唱一句叩钟一声。

“妙湛总持不动尊，首楞严王世希有。”

叩钟。

“销我亿劫颠倒想，不历僧祇获法身。”

叩钟。

那钟声丝毫不像是从这殿内发出，而像是从它背后的山窝发出。山音，夹着风声与涛声和晨雾即将散去的促音，从众僧的身上呜啸而过。直到他们落座了，过了很久，山音才在引磬和木鱼的敲击声中消隐下去。张铎和豆田分坐在排班两边，面对着面跏趺而坐。一声引磬，一声铃。这样的节奏不知道持续了多久，直到它变成一声引磬，转身向上，再一声引磬，问询，他们听见住持口中宣讲着“完毕”，相继看到众僧合掌站立，他们也跟着站了起来。大殿的正中，微微发福的贾老板，带着老住持往他们这边走来。

雾散了。寺内的每一扇窗都向内开着，透过刻着卍字的镂空木窗，可以看见做完早课的僧侣陆续回到各自的禅房。张铎的脑海中闪现出入寺之后见过的一块乌木烫金的匾额，上面刻了四个字，“莫向外求”。他对贾老板和豆田说，他们可以试着做一个内向的建筑。内向的，自然就用不着过分强求。接下来的一整天，他们都没有议论要怎么做这个建筑。到了晚上，在住持的山房，偶尔发出了几声骇笑。原来是豆田先生又在讲什么猫的公案了。

四

东方剧场的深化图纸出来了。于晓丹对剧场内部的设计怀有几分好奇，扫视一眼。她看到，一扇门从防空洞里探出，门扉同外界相接。这次新添的廊桥与后台，沿用方家胡同本来的结构，做旧。保留斑驳陆离的墙面，让光可以从舞台的四方泻进来。

于晓丹拿着这一摞图纸来方家胡同找阿照。她在胡同口远远地看到，阿照和廖世奇正坐在树下喝茶。她很惊讶地发现，一个正方形的大框已经架了起来。先是在刨开了的防空洞四端立起木柱，框的内围也竖了多根立柱，纵横交错的。

等她走到他们跟前，阿照先开口问她，还记不记得她们第一次见面时的情景。

于晓丹说，廖世奇给他们做了介绍。廖世奇当时告诉她，阿照是东方剧场的项目负责人。还说她是一个表演艺术家。

阿照思考了一下，问道:“表演艺术家是什么意思?”

“不知道。”于晓丹把图纸交到廖世奇手上，同时瞥了他一眼说，“那要问问介绍人了。”

“就像我说我是建筑师一样，徒有其名。我啊，不过是一个给阿照画图的人。”廖世奇翻着图纸，头也不抬地说。

“嗯?”阿照在接收图纸的文件上签了名，后知后觉地说，“我才反应过来，廖工你这是在骂我哩?”

那天他们还说了什么，于晓丹记不清了。

第二天，她很早就送阿照去机场了。去机场的路上，沿途是开得正好的春花。三环以里，开得最盛的是紫红色和白色的玉兰。上了机场辅路，路上还多了一些海棠、碧桃和野迎春，它们藏在成林的杨树间，一阵紧似一阵地绽开着。

阿照说，她这次回东京是为了给江苏昆剧院的几位老师引荐有“日本梅兰芳”之称的坂东玉三郎。说到梅兰芳，阿照清了清嗓子像是要唱点什么，可又立马刹住了闸。她说她喜欢一个人在浴室里哼两句梅兰芳的《贵妃醉酒》，这一出是坂东玉三郎也唱过的。但是到了于晓丹面前，她一个字也唱不出来。她只能挑点鸡毛蒜皮的小玩意儿，随便唱唱。她向于晓丹请教杨玉环经常挂在嘴边的“啐啐啐”是什么意思。这话，是杨玉环对宦官高力士讲的，《红楼梦》里的王熙凤也有这“啐”人的特权。于晓丹这时才记起他们头天开玩笑时说的话，回答道，如果阿照昨日对着廖世奇一阵“啐啐啐”，那真是再恰当不过了。不过阿照说她可不敢，她怕惹了廖世奇，晓丹要来跟她拼命。

那个早晨，真心话伴着玩笑，话语零碎。

一想到阿照看穿了自己的心事，不知怎的，于晓丹就有点拘束了。汽车驶出收费站，她问阿照还记不记得那天豆田先生打头走在隧道里嘟囔的话。阿照笑了，她当然听见了。她不只听见，还听得格外清楚。她用日文飞快地复述了一遍豆田当时说的话——“ちゅうちゅうたこかいな”。她说这是日本的一种两两计数的歌谣，相当于“二、四、六、八、十”这串数字，从二数到十。在日本，从小童到老妪几乎没人不知道这句谣曲。

“我表演的时候也会打这个拍子。能剧也好，昆曲也罢，古老的艺术能够流传至今，靠的是表演者身上流淌过的共同节奏。”阿照说，她想成为一个真正的表演艺术家，一个演艺者，“假如哪天我达到了坂东玉三郎的水平，那是因为我用无数的鼓点、局部、细节把这个舞台说清楚了，也就能反过来证明我的身体可以适应这个舞台。”

阿照还说，尽管自己和豆田都来自日本，两人又都是中国文化的拥趸，然而他们之间还是有着明显的不同。豆田先生是老一辈的日本人，就像日语里的平假名，主要是用来书写本土用语。阿照认为，她这样的年青一代跟老一代比，更像是片假名，倘若不是用来书写外来语中的专有名词，那么她在单纯的日语环境中并派不上什么用处。

“阿照，你为什么不能是平假名呢？”

“这个嘛，我举个例子你就明白了。”阿照说，“‘礼物’这个词在日语里有两种说法，你可以用‘プレゼント’，也可以用‘お土産’。看上去好像都是在说礼物，但是两个词的含义截然不同。你听‘プレゼント’的发音就知道，它说的是外国人过圣诞节送的那种礼物——present。”

“那另一个词是?”

“お土産，お土産，”阿照说着重复了两遍，“光听这个‘お’开头的音你就知道它是日本本土的东西。我要是去趟苏州，回来时坐高铁路过山东给你捎回来一只德州扒鸡，这就叫作‘お土産’。”

“明白了。那我和豆田先生都应该是‘お土産’这一组的。”

车停下了，笑声小了。于晓丹帮阿照从后备厢里取出行李。她们的路线是错开的，因此要暂时在这里告别了。

阿照从手提包里取出一本书，交到于晓丹手上。

“上次豆田先生托你带来的这本《近代能乐集》，我已经批注完了。麻烦你下次见到他时，帮我转交给他。”

“好的。”

“读读《葵上》这出戏。”

“上回在你家不是读过了吗?”于晓丹接过书，翻看着说。

“再读一次嘛。”

“对了，我们上次读到哪里来着?”

“这里，读到‘别再说这种话了’。”于晓丹笑着对阿照说，并指给她看，“你的六条妃子还在苦苦追寻她的光源氏呢。”

“说不定我会在东京街头重循他们的脚步哩。”

“要是六条提前知道了故事的结局，那她很可能就停止了寻找。”

“不，也许六条已经找到他了。”

阿照低声说着，临走前给了于晓丹一个拥抱。

“那些没读完的故事，回来继续。”

于晓丹看着阿照的背影，尽管她们在一起的时间不多，但每次她总能在阿照这里获得一些慰藉。在这灰色的世界中，只有阿照是生气勃勃的。

阿照对舞台的渴望就像赤裸的肌肤，在她们告别时传到了她身上。一种周身腾起的少女气息在频频鼓荡。于晓丹微微打着寒战。这种轻微的颤抖一直持续到她与廖世奇的碰面。

五

他们同时出现在方家胡同的地下，戴着施工安全帽站在尚未修筑完成的剧院穹顶下，看闪电的光和燧石的火从他们的头上，一闪而过。

一切都发生得过于自然，他在黑暗中吻了她的嘴和眼。她温柔而坚定地推开了他，指给他看不远处正在舞台上作业的工人。还有别人在呢。只有舞台一角，虚妄地点着一盏灯。他向后退，她就缓缓地跟着他后退。她从没想过这个防空洞有这么大，工人从入口处走到他们所在的洞壁这里，可要走上一会儿。

她看到工人把铁皮一块块地传到松木框子上方，叮叮咚咚地敲了起来。银亮亮的崭新铁皮，天黑前都盖起来了。还有里头的隔断，也都成形了，舞台是舞台，观众席是观众席，一盖上屋顶里头就全部暗下来了。

从舞台走到观众席，泥地上没铺任何东西，脚步杂沓。防空洞里，土地被踩得微微渗出水了，有股淡淡的沼泽味。

观众席上放了一个小马扎，这是工人拿来定位用的。马扎的这边是观众席，马扎的那边是用一堵黑砖砌成的墙壁，挡住了那边的舞台。有个工人将角落的灯提了起来，快速地走过那堵墙。灯影倏地一晃，照出了那面砖墙竟不是墙，而是一块结结实实的幕布。一眼看上去，幕布很黑很高还很重，黑夜般通天，通天般的没有边际。

“那时候如果我们睡了该有多好。”

于晓丹陡地抬起头来。她那轻靠在廖世奇颈窝的嘴唇和眼睛飞起了潮红。他在问她，想起“那时候”了吗？她想起来了吗？她小声重复着，不觉之间廖世奇的话把她的身体都染红了。她能感受到自己耳根发烫，背脊的骨头就要把她的皮肤烧出个洞来。她没有自讨没趣地问他是不是爱她。再没把握的话，索性将“爱”替换成“喜欢”。她知道自己不是第一个，也不会是最后一个。“那时候”的她差一点就把这句话问出口，在他们记忆中的许多个“那时候”。

廖世奇挽起了她的手。他说：“真像是一场梦。”

他的热渐渐侵入她这里，从他们相连的触点——嘴、眼、手、肘和肩膀。他的喉咙有点痒，所以他说，只有亲吻才能让他不咳出声来。他低头看她。她正将他的手指一节节弯起来，屈指数着数。

“你在数什么？”

他问过之后，她又掰着手默默数了一阵。

“我在数啊，我来了你的公司多久。我在数，你多少天没有回自己的家。然后，我在数，我们上一次这样子是什么时候。”

“说说看最后一个问题的答案。”

“哦，第七百八十五天了。上次有这样的感觉是在七百八十四天之前。”

“你怎么能记得这么清楚？”

“我该回去了。”

“回哪里去？”

微暗的光，闪过她那素白的肌肤，发出贝壳一样的光泽。贝壳的棱角已经被磨平了，她这几年的下颌线不如年轻时那么明显了。

“世奇，你了解我的心情吗?”

“当然了解。”

“既然了解，那你倒是说说看。”

没等他回答，她又放低声音说:“你还是别说了。有些话一说出口，你就没办法跟自己交代了。”

“晓丹，你错了。我没把自己看得那么重要。”

“你不是还有个太太在纽约，要怎么跟她交代?”

“不是太太。”

“未婚妻和太太有什么区别?”

“像你这么追问，你要我怎么跟你交代清楚呢?”

“谁要你跟我交代了……”于晓丹的话音未落，他们就同时瞅见一团火一样的东西向他们跑来。火越来越近，近了他们的身才化作一盏灯。提灯人的声音里夹着几分急切，他是来找廖工出去对接施工方的。

廖世奇说他去去就来。

于晓丹说她这次不会等太久。

她坐在剧场内唯一一个座位，破破烂烂的小马扎上。

她面朝正台而坐，等他。在她的正前方，几个工人聚集起来了，他们人手一个大碗，蹲坐成一排。他们在吃面。他们中的一个人嚷了句什么，接着就有个人站了起来，从地上捡起灯往于晓丹这边走。

微明的灯火勉强把黑暗推开数尺。远远看去，在明暗之间移动的人影就像是在梦里。

过了没多久，微光从于晓丹的背后掠过，直直地投在空白的洞壁上。那是舞台的位置，现在被工人们改造成了一面临时的电影幕墙。他们在看一部说不上名字的老电影。电影墙下面，胡乱地涂着几个“马到成功”之类的大字。他们没开声音，只有黑白的画面在幕墙跳跃。这些工人用一种活泼欢乐的调子唱起他们家乡的歌。歌中有牧马人和远方，荒原与爱情。即便她扣住耳朵不听，那歌声依然在整个剧场中旋荡。

她想起张铎过去跟她提过的一句话。大概是说“丈夫”这个词在英语世界，本就带有节俭这一层含义。不敢越界的感情。这种“不敢”里也包含着一种节俭。丈夫，一丈之内才为夫。不敢用，生怕一用就把它用光耗尽了。这便是中国人的爱情，哪怕是爱都要省着点来。不敢。爱的不是一整个人，一次爱不了一个人，爱上了还要佯装没有全心交付。

她坐不住了，像廖世奇这样在美国生活惯了的中国人，最知道怎么打着爱的名号来钻空子，不但要跟她讲中国人的勤俭，还要跟她谈美国人的自由。她坐不住了，再坐下去，等着她的是更多的无可奈何与无言以对。她默默闭上了双眼，心里重复着廖世奇走之前说过的一句话：真像是一场梦……

梦是不必负责的。

梦是节俭的。

应许的爱情或许从不存在。他那么节俭的一个人，当时应该这么说就好了——“真像是一场梦……”

“可我从不做梦。”

他回来了，替她把这话收了个尾。那一晚，他的嘴始终没离开过她的嘴。他们紧紧相拥，分不清是谁在说话。不敢说也得说，那些最无耻下流的话。

昏暗的镜，流着口水的梦，漏了光的夜拱起他们的背。

肉身有温度，建筑也有。有的土热，有的墙冷。后来，她的影子沿冷墙摸黑而去，在坍完了的热土堆前稍作歇脚。可他却追了上来，逮住她，他说地基还没有打好。为了他们的剧场，每一层地基都要再做加固。她对他说，爱要节俭。可他不听，孱，他还在打地基呢！夯土，土里面全是水。水底下还有种子。

无边无际，也仿佛无始无终。连着几天，跌向一个没有光的世界。

在这世界里，他们需要向彼此坦诚。

第四章　舞台（正面）

一

清明节三天假，廖世奇病了三天。他在公司强忍着头痛改方案，不吃、不喝、不洗、不睡，手上的烟一支接着一支。多日的疲劳揉碎了身体，他回到家，烟还没来得及点，就瘫倒在沙发上。

昏睡了一整天之后，第二天下午他才苏醒过来。非常口渴。醒来之后，他把冰箱里能喝的东西全都拿了出来。冰箱门沿积了厚厚一层尘垢，和蛋托的底座一样，格子形的。他一边喝水一边想，记不清什么时候买过鸡蛋的。这时，传来了轻轻的敲门声。

门半开半掩着，于晓丹推开门走了进来。

“你在家啊?”

“啊。”

“我昨晚来找你，怎么敲都没人理我。”

于晓丹摘下她的遮阳帽。她没有脱大衣就坐到了客厅的沙发上。她望着身旁皱成一团的被子和衣物，在走过它们之前顺手整理了几下。

“不知道你要来，家里有点乱。”

于晓丹不紧不慢地叠好沙发上的被子。等她把廖世奇的衣服都拾掇好了，家的样子又出来了。随后，她把进门时随手放在玄关处的一个纸箱搬进书房。

“东方剧场的模型要放在哪里?”

书房里没有一堵空墙，四面环绕的是顶天立地的书架，由上到下摆满了书。最上面的是海外最新出版发行的建筑师传记，纸张轻薄的那种。最下面放着数不清的画册与图录，精美的铜版纸叠在一起，只看书脊也能感受到它们的金贵。中间摆着的是书，还是书。廖世奇最常看的一些理论书，按照拜占庭、哥特、文艺复兴、巴洛克、新古典主义、现代主义和后现代主义分成不同的区域，卷帙的细分程度可以与“大英百科全书”一较高下。

在这些书的旁边，放着廖世奇的一些单人照，以及他的一些获奖证书。这些东西与书房中央的模型展示柜齐平，恰好构成了这间屋子的“海平面”。

顺着“海平面”再往前看，一本路易斯·康的手稿集被摊开倒扣，横在书架与展示柜之间的地板上。

廖世奇看上去有些虚弱，在于晓丹把那本手稿集拿起来的时候，他试图按住那本书的书脊。

他说:“没必要在这个时候读它。”

然而，于晓丹还是把这本书翻开，自顾自地看了起来。

廖世奇指了指书房一角摆着的纸箱子，说:“这本也是我托人从纽约寄来的。布面做的精装本。这样的书我家有一千多本，但是都不如这本珍贵。这是路易斯·康生前未完成的项目。”

于晓丹念出书名。

廖世奇凑到她的耳边。

“有没有人说过，你低头的时候很好看。”

“你又骗人。前些天，我明明记得你说我那里的曲线很美。”

“你的屁股确实很美，手感特别好。”

“这听着像是夸我，其实是在骂我。”

“怎么是骂你？我一个病人哪里还有力气骂你。”廖世奇说着凑得更近了，他把手搭在她的肩膀上。

于晓丹打趣他，说他活该生这场病，烧死了才好。他听后满心高兴，由着自己的下巴顺着她的大腿内侧移动。他的胡茬把她扎痒了，她动弹着想要挣扎。这一动，他反倒把她抱得更紧了。

“你这是在做什么？”

“嘘，别出声。我现在做的是‘建筑消解’。”

廖世奇一个人抿着嘴笑。不出片刻，他的嘴已经绘出了一张由她身体做成的地图。廖世奇在每个建筑单位上留下一个吻。轻轻地，不着痕迹。这是他们的纪念碑。

他说:“这也是跟路易斯·康学的。”

按照廖世奇的说法，他们手边的这本图集里，路易斯·康在多米尼克修道院这个项目中改了十几稿。最后，建筑变成了人，各个器官合在一起组成了有机体。修道院的入口塔、教堂、学校、食堂，每一个单体建筑对应着一种功能。触碰、轻抚、摩挲、抚弄，他习惯用“建筑消解”的方法来爱一个人。

他还说，好的建筑应该具备三个要素：首先要让人紧张，看见它时不自觉地心跳加快；然后会忍不住想要抚摸它的肌理，感受它的物质性，它的温度；再好一点的建筑，它的里外空间会迥然不同，人只有亲身走入，才能感受到房子的“别有洞天”。

“那空间可能比外面看上去要大很多，你越往里面走越大。走到最后，你发现你根本不想出去了。”

于晓丹趴在廖世奇的大腿上。她顺着廖世奇的话，歪过头来观察自己的屁股。

“平衡不一定需要对称。”廖世奇俯下身去把脸贴在于晓丹的腰间。随后，他再次用他的胡茬蹭她的屁股，三重一轻地磨，磨磨蹭蹭着说，“就像这里。左右两边不对称，但也构成了一种平衡。真美啊。”

“别乱摸。”

半天下来，于晓丹照拂着他。可她心里知道，除了那件事之外，他几乎不需要她的帮助。廖世奇还发着烧。于晓丹靠着他滚烫的身体侧过头来，节节突起的后脊椎骨扭出娇嗔的曲线。她的后领露出好大一片雪白的脖颈，像是午后的雪落在温热的口腔，她随着他的身体在融化。

他一时性急一把将她拦腰抱起。

温暖厚实的大掌，连茧子都是意乱情迷的模样。

他发觉自己完全不受控制地强烈抽搐，把一幢房子，蓄满了水的房子，满登登地塞进了她的身体。

她犹如被逐层消解的建筑，渐渐地失去了顾忌。看她的反应，说不定刚好是女人每月最容易受孕的那几天。

地基打下去，打在沃土上。

一结束，他们喘着气不知不觉睡着了。

过了半晌，于晓丹蓦地冒出一句：“路易斯·康哪里都好，就是不懂得爱情。”

“他怎么不懂了？”

“他让每一个爱过他的女人都很痛苦。”

“痛苦吗？康死了之后，他的女人回想起他时，眼睛都在发光。”

“你跟我说实话。你们男人是不是都希望自己的种子遍布天下？”于晓丹特意强调了“天下”二字。

“有一些人吧，不包括我。”

“那你呢？”于晓丹用不自然的口吻说，“你也会跟没有多少感情的女人做爱吗？”

“说起来，咱俩在纽约的时候，其实没见过几面。”

于晓丹啪的一下拍到廖世奇的脑门，接着把脸转过去背对着他说：“让你胡说。”

“有时候，男人会怕。”廖世奇笑着叹了一口气，“男人最怕惹上那种对爱特别投入的女人。她们一旦缠上了你，就会在你面前疯狂燃烧自己。”

“那也是被你们男人给逼的。”

“唔系。”廖世奇意识到自己说了一句广东话，赶快又折回到普通话上来，“不是。这种疯狂是一种表演，自我感动的成分居多。”

“我不同意。”

“你知道一个人一天最多能打多少通电话吗？”

于晓丹低着头。

“可以打一百三十五通电话。”

“那你最后还不是接了？”

“我怎么敢。”

“你应该问问你自己，你的内心在害怕什么？”

这一回，轮到廖世奇低头了。

“你说得对，路易斯·康的三个女人也有可能是幸福的。因为她们在等待中度过了自己的一生。”

“我一次也没有等过别人。”

“这不妨碍有人愿意等你。”

廖世奇像是在回顾自己的过去似的，长时间沉默不语。他再开口之前勉勉强强地站了起来，哗啦一声拉开窗帘让她看。

嵌在窗框里的绿色，不分先后地涌进于晓丹的视野。她看到，许多尘埃在夕阳下往上升，缓慢地闪着金光。直到有一些粗颗粒的灰尘飘了进来，她才发现原来它们是杨絮。大一点的放在手掌心，跟冬日的雪花差不多。这处风景里没有杨树，也不见鸟雀。偶尔有几声鸟声从远处传来，他们同时探出头去找。

廖世奇突然转头看向于晓丹，对她说：“你是个好女人。”

“怎么个好法？”

“好就是好。”

“你现在了解我，才会说我好。”于晓丹从腰后轻轻抱住廖世奇，她有点难为情地把脸埋在他的背后，“我看我还是不说话比较好，你不是喜欢我低头吗？”

廖世奇将手伸向背后，慢慢抓住她的手。

“一个男人要是彻底懂得一个女人，就不会爱她了。”

于晓丹闭着眼，将门牙抵在他脖子上。

“你从来不提你的童年。”

“我觉得没什么好说的。”

“你爸妈是做什么的？跟你一样也做建筑吗？”

“他们是普通人。我们一家人住在土瓜湾的一间劏房里。”

“什么是劏房？”

“就是那种很旧的唐楼，一间房分切给几家人用。”

“我想起来了，王家卫的电影里有很多这种房子。”

“劏房哪有那么高级？”廖世奇用手刮了一下于晓丹的鼻子，“我的一些老邻居现在还住在这样的房子，打开门只能侧身蹭进屋来。屋里的人要是忘了拿走门口的换鞋凳，再折回来，就连门也推不开。”

“不会吧？”

“你没见过不到一百平尺的家。开门见山，而且没有窗。”

“一百平尺也就不到十平米吧？”

“对啊，不到十平米住了我们一家六口。”廖世奇继续说，“不，应该说一家五口。因为世伟两岁就死了。小时候太穷，爸妈经常带我们去教堂领免费的圣餐。有一次世伟发高烧，病情刚有好转，我妈就背着他去了教堂。我妈看他想吃，就拼命给他嘴里喂鸡胸肉，结果世伟在呕吐时呛死了。”

于晓丹惊讶地看着廖世奇。

“我就说你不会想知道我在香港的生活。”

“你说吧，我想听……”

廖世奇耸耸肩，没再继续下去。

“我这样的女人有什么好？”于晓丹忽然有些哽咽，“从头一回见你到现在，我每天都在告诫自己，不要让事情发展到今天这个地步。”

廖世奇点了点头。

“我们的事情，你准备好跟张铎说了吗？”于晓丹将声音从她身体的每个部位挤出，她的心里没底了。

廖世奇茫然一笑：“嗯，我们的什么事情？”

二

清明之后是谷雨。过了谷雨，春天才算是真正结束了。

赶在春末，于晓丹收到了两封信。一封是纸质的，一封是电子邮件。那封纸质的快件是从东京寄来的。她拆开包裹之后一看，里面放着一副能剧面具。面具的眼睛周围涂满了金泥，她一眼便认出了它，这是泥眼。

阿照随信另附了一张纸条，上面写着在舞台上使用泥眼的技法：

一、能面上仰时是“照”，用来表示人物远望，或者高兴的情绪；

二、能面向下时被称作“昙”，用来表现悲伤、哭泣，又或者是心中深刻的决意；

三、如果不上也不下，只是静静地左右回看，那么这是“用面”，专指那些侧耳追听风声和虫声的主人公。

于晓丹还没来得及搞清楚这三种技法之间的区别，一封电子邮件就打断了她。那封邮件没有标题，内容寥寥，只写了寄件人什么时候到北京。于晓丹如往常一样点开邮件左上角的小头像。她想要通过这张看不清楚的头像获得更多信息。邮件背后藏着一个人。这个人在现实生活中有着结结实实的模样。

于晓丹向来是沉着惯了的。她的沉着一半来源于她的诚实，毫不装腔作势；另一半是因为她的寡淡，她认为自己普通到没什么可以向外人炫耀。然而，邮件中的这个女人处在一片热带雨林中——她从热腾腾冒着沼气的水面浮出身子，桃腮杏脸，粉颈酥胸。她是海，海的气味湿湿黏黏的，令人泫然欲泣。流口水，流鼻涕，流哈喇子。

于晓丹只与照片中的女人对视了一眼，她当即做出了决定。

电脑上弹出一条提醒:“确认要清空垃圾箱里的邮件?”

虽说是雨生百谷，谷雨那一天却没有下雨。风是热的，胡同口的鸟笼也是热的。空气中弥漫着一种咸腥的味道，那是百谷祈雨时散发出的荷尔蒙，郁郁蒸蒸，都是暖的。

过了清明，于晓丹的胃口变得很差，她闻不了这个味道。可是一上班，周一早上就在工位上撞见Kira。Kira坐在她的位置上，正在翻昨天的报纸。

“晓丹姐，咱们又见面了!”这个女孩放下手中的报纸，大步流星地迎上来说。

“新报纸要去楼下拿。”于晓丹只回了这么一句。

“昨天的报纸上出了个凶杀案，还蛮好看的。”Kira说，“晓丹姐要看看吗?”

“我不看，报纸上的人死了，跟我没关系。”

Kira听了一愣。这话她接不上。她缓缓地从工位上站了起来，又故意把话题绕开，说明自己的来意——她是来实习的，只为了消解于晓丹这莫名其妙的敌意。算来算去，她说自己顶多在这里干三个月。

秘书的工位只有一个，于晓丹坐下了，Kira就只能站着。

等到廖世奇来了，远远就看到Kira站在过道冲他招手。他也象征性地，回招了一下手。

这个动作可是给了Kira不小的鼓励。她一屁股坐到于晓丹的桌子上，跷起一条腿来，拿出化妆镜开始补妆。

Kira来势汹汹，这让于晓丹多少有些畏怯。她知道，被她亲手删掉的那封邮件是Kira写给廖世奇的。于晓丹打开邮件时的忐忑，围绕着她对他们在一起时的想象，当她一想到廖世奇的手即将触碰另一个女人的背、女人的胯骨、女人的屁股，她就坐不住了。她没办法容忍他对着其他女人做“建筑消解”。

“公司没有欢迎一个实习生的道理。”于晓丹现在替豆田先生管账，她明确告诉张铎这顿迎新饭吃得不合规矩。张铎拿纽约的旧交情来搪塞于晓丹，没承想于晓丹根本不吃他这一套。

如果不是豆田先生出面，张铎的撺掇恐怕就此搁浅了。豆田很会打中国人的太极，别人僵持再久的静态也能被他打破。他更是有一种耐力，旁人听得满头雾水，他还能不歇地频频劝诫。他嘴上不提，私底下却没少做几方的工作。豆田背着于晓丹给他们几个都发了邀请函，发到于晓丹手上时已经是最后一封。豆田先生说，他夫人下厨烧一桌“谷雨家常菜”。还有，大家都来。

于晓丹来晚了。迟到的理由也很充分，她在帮着财务整理去年的报销单。豆田的儿子为她开了门，她顺手把路上买的蛋糕交给了这个孩子。客厅离玄关不远，于晓丹换鞋时看到豆田先生和他的太太挪开椅子站起来，等着她落座。前菜已经撤了下去，Kira正在往廖世奇的碗里扰东西。她走近了才发现，他们在喝红菜汤。Kira看了一眼于晓丹，没说话。倒是张铎赶忙向于晓丹解释说，廖工人好，他帮Kira把胡萝卜吃了。

“晓丹姐，我对胡萝卜过敏。”

“那你应该连汤都不要喝。”

于晓丹陪着他们说了一会儿话，北京的天气、纽约的时局，还有日本的风土人情，没有一个字沾到廖世奇和Kira。

他们都喝多了。不知道是谁先提起仓颉，说是每逢谷雨都要拜祭仓颉。

于晓丹背着光立在客厅一角，抽着烟。她听到豆田先生在说话，她的老公张铎在搭话。他们议论着，到底是黄帝还是炎帝在春末夏初宣布仓颉创造文字这项伟绩，自此便有了“万古不长夜，斯文焕初启”的传统。

仓颉造字之日，刚好下了一场谷子雨。

“仓颉要是生在当代，指不定在做什么呢。”

“他要是来做建筑，可能就没咱们什么事了。”

“此话怎讲?”

“他造的哪里是文字。”张铎又自斟了一杯，“能够驱赶长夜的，这分明是光嘛。”

他们已经喝到说了上句没下句的地步。张铎搂着豆田踱步到廖世奇面前，向他汇报他们的成都之行。

他们说，将近谷雨，山里的水汽从未断过。留给牧溪的那一间房，窗向内开着。透过窗往外看，山景是一条缝，人是另外一条。人有内向外向之分，建筑也有。人在内向的建筑里做位移，时间也跟着变慢了。慢慢地生，慢慢地死，慢到觉察不出昼夜更替，慢到看不见光。

“日本人重视这个‘慢’，其实是跟中国古人学的。”

豆田从成都的项目说到日本人，穷极无聊，眼看着又要讲起南泉斩猫那桩禅宗公案了。张铎扑过去捂住豆田的嘴。张铎猛然起身，那动作简直要把他身旁的豆田先生带倒。

“我提议，咱们来玩个游戏!”

说着，张铎转过身来冲着豆田，等待着他的回答。然后他又接着说:“豆田君，就玩你上次在伽蓝寺里教我和贾总的那个游戏，叫什么‘投啦投啦’的。”

“啊?”豆田不禁一愣,“你说的是とらとら吧。”

“对，反正就是我玩输了的那个猜拳游戏。”

“输了可要罚酒呢。”

“我喝不动了。”Kira的语气异常慵懒，她说着看向张铎。

“别怕，师傅罩着你。”张铎拍着胸脯说。

于晓丹咳嗽了一声。

“还是我替Kira喝吧。”廖世奇抬起头来，正好与于晓丹的视线相遇。

张铎说:“别废话了! 豆田君，你来讲讲游戏的规则。”

“とらとら这个游戏原本是日本宴会时客人和艺伎之

间玩的。”豆田说着从书房里搬出一扇屏风。他站在屏风前解释道，“客人和艺伎要像我这样分别站在屏风的两侧。只要音乐一停，客人和艺伎就要在屏风后面摆出下面三种姿势中的一种——老虎，趴下身来张大嘴，一副要吃人的样子；和藤内，也就是郑成功，做双手持长枪的姿势……”

Kira打断了豆田的话说：“好复杂啊，我听不懂，我看我还是别玩了。”

“豆田君，你怎么回事？”张铎从旁调解似的说，“简单一点！在座的都是俗人，玩个游戏还扯啥郑成功？”

于晓丹拍了拍Kira的肩膀，说：“你必须得玩。”

“是剪刀石头布的游戏对吧？”廖世奇说，“我看不如把老虎、郑成功改成咱们最近都在看的东西，用能剧里的角色来分高下——般若能赢泥眼，泥眼能克慈童，慈童反过来又能赢般若。这样是不是好理解一点？”

“还是老板高明。不过Kira没跟过东方剧场的项目，她能明白这几个面具的意思吗？”

“廖工今早才跟我说，让Kira来帮着晓丹负责东方剧场的后期。”

“师傅！这还没上会呢，廖工今天才嘱咐过你，不能外传。”

“咱们这儿没有外人啊。”

“看样子是真机密了，你晓丹姐还不知道呢。”

“晓丹太忙了，我这么安排……”廖世奇刚想辩解。

“玩游戏吧。”于晓丹把这话接过来，直接吞了下去，她继续说，“我同意廖工的建议，就按般若、泥眼、慈童、般若这个顺序来。”

“般若、泥眼、慈童，这都什么跟什么啊……”Kira嘟着嘴说。

“你这么聪明，肯定没问题。”

于晓丹说罢站了起来，站到屏风的一侧。

廖世奇随即起身，走到屏风的另一侧，背对着豆田家的灶台。

“咱俩知道规则，第一轮就不参与了。”张铎瞥了一眼豆田，说，“让他们仨先PK一下。”

“请放心，我来做裁判好了。”

豆田先生说罢开始清唱一首歌谣。开始是非常缓慢的两个音，“と一ら一と一ら一”交替着不断重复。直到参加游戏的三个人各自准备好，于晓丹和廖世奇率先站到屏风的两边，这时豆田嘴里哼唱的歌谣才开始加快。

最后一个“ら”音落下时，屏风后面的两个人停止了动作。

Kira想向廖世奇暗示什么，结果被张铎的余光给截下了。

于晓丹直视着廖世奇的身影，廖世奇微笑着回望。

屏风被撤了下去。豆田先生宣布这一轮是于晓丹获胜，理由是“泥眼大于慈童”。

廖世奇认输。他接过张铎递来的酒，痛快地一饮而尽。

屏风又被搬了上来。这次，轮到Kira上场。

と一ら一と一ら，调子又升起来了。

Kira隔着屏风向对面的于晓丹盈盈地鞠了一躬，把她两只纤细的胳膊合抱在胸前。眼波流转，依次从豆田、张铎、廖世奇身上扫过，像是她轻轻解开衣带，让薄薄的丝裙顺溜滑下。

男人们一见辄心干口燥，浑身酥软，觉得人生无限美好。

と一ら一と一ら，歌谣越唱越快。

突然，歌声骤然停止，于晓丹竟没反应过来。但就在屏风被撤下去那一瞬间，她看到Kira脸上的表情有了变化。就在此刻，她看到Kira的双手快速举过头顶。

于晓丹想都没想就阻止道:“她作弊。”

“我没有!”

“Kira是在屏风撤下去那一瞬间，才决定出‘般若’的。”

“晓丹，你这么淡定的人怎么还输不起啦?”

张铎说着已经把给她的罚酒倒好了。

“晓丹姐……”

豆田先生有意把话头岔开，说:“我想问题可能出在这面屏风上。它是牧溪山水画的仿作。从京都发货过来，运过一回。从廖老师的办公室来到我家，运了第二回。这样搬来运去难免会出状况，坏了吧？一个游戏者从屏风的木头缝里不小心看到另一个的表情，这种情况也是有可能发生的……”

眼看着众人就要给豆田这个台阶下，都侧着身子，笑语晏晏，很放松的模样。廖世奇也正准备接话。

就在这时，于晓丹一脚踹翻了屏风。

三

美术馆项目的老板贾总打来电话，指名要找豆田先生。于晓丹楼上楼下转了几次。直到下午开例会时，豆田还是没有来办公室。开会时聊到山中美术馆的后续进度，只能由张铎来顶替豆田做汇报。会后，于晓丹给贾总回了一个电话。贾总说自己倒不是为了房子的事找豆田，他是在思考豆田跟他讲过的那桩公案。

“南泉，猫。”于晓丹说着，用笔在纸上写下这两个词。

贾总有些不好意思，他犹豫了一下，最后还是把自己最近的禅修心得一五一十交代给了于晓丹这个陌生人。他明知道对方不是豆田，却还是一个劲地喊她豆田。他说：“豆田君，你不知道，自从听了你的这则公案之后，我老婆说我变得很奇怪。我最近在股市赔了一笔不小的数目，可我一点都不难过。相反，我还挺高兴的。我现在就站在你和张铎设计的这个‘牧溪小屋’，我眼前的一切风景，不过是在极其缓慢的时间里发生过的一个象。从象的本质出发，你是对的。因为斩猫是治标不治本的做法。斩了猫，它的美就消除了吗？斩猫这个行为很愚蠢啊，就像我过去努力挣钱一样，不过是活在象之内，不在象之外啊。我就是被这象给拖累了。”

于晓丹挂断电话之后，拿起桌上的茶杯就往茶水间去了。也就是前后脚的工夫，张铎跟着她进了茶水间。这天的例会，张铎三次提到豆田的名字，三次都被廖世奇打断了。廖世奇似乎正在避免一切与豆田相关的问题。可张铎不能理解，茫茫然，整个人失魂落魄的。

“究竟出了什么事，豆田人呢？”张铎说。

“我还想问你呢。”于晓丹往杯子里灌水，“全公司不是你跟豆田最熟吗？”

“他上周五早上跟我发信息说他要去一趟税务局，还问我税务局最早几点开门。”

“那就对上了。我最后一次见他是在周四晚上，我把上个月的报销单做好了交到他手上。”

“豆田去税务局干吗？”

一个多钟头后，于晓丹坐在一张椅子上，好像睡在那里，一动不动。全身上下只有她的那双手在使劲。她攥着一些稍后可能派得上用场的单子。可能是攥得过紧，反而挤掉了一张出来。她低头去捡，再抬头时被税务大厅天花板上的灯泡晃着了眼睛。

太亮了。她头上顶着的不像是一个灯泡，倒像是太阳。大暑过后的骄阳。她不喜欢太阳，明晃晃的，太以自我为中心。她也不喜欢月亮，她觉得在夜晚发生的一切，都有偷梁换柱的嫌疑。

她在等一个四十出头的中年大姐。一个寅吃卯粮的公务员。那人让她等了三个半小时，见了面才知道，人其实不坏。这位大姐走过窄窄长长的过道，走过一个又一个像她这样等待着的人。光随着那人的步伐往前划，在那人拿着档案夹来到她面前时已经消失不见了。这位分管报税的核对员指着于晓丹屁股下的凳子告诉她，上个星期五，她也是在这里见了豆田。

豆田摘下了帽子，瘦小的个头佝在一张椅子上。他揣着清早在税务局门口便利店买的饭团，伸出一只食指来静静剥着饭团上面的包装纸。税务大厅天花板上的灯泡坏了一颗，唯独豆田头顶那一块没有光。他本来就是个安静的人，那一刻更是无话可说。剥开了海苔，还是用他的食指，挖出了包在饭团里面的梅子。一双眼睛也跟着陷了下去，他的眼眶发青，惨白的脸上只剩下两颗乌梅一样的瞳仁。

办事的大姐告诉于晓丹，如果不是东方剧场的搭建出了问题，搞出人命，也许还不会这么快查到他们头上。

“出了人命?”于晓丹问。

“你不知道吗?”大姐叹了口气说,“你们搭建的房子裂了一个大豁口，一个工人从房顶上掉下来，胳膊腿都摔断了。啊，你没看新闻啊?”

于晓丹不吭声了。

那位大姐继续说:“我听说出事儿的时候，你那个日本同事就在现场。详情我不知道，我也管不着，你去问他。”

“他人不在你这儿?”

“要人，你不能跟我要啊!”办事员一撇嘴说,“我只管收钱。”

办事员大姐还说，从始至终，她没跟豆田撂过一句狠话。在这个公家的大厅里，她见过太多像豆田这样的人。实话实说，这些人的苦难对他们来说，不过是“小小寰球，有几个苍蝇碰壁，嗡嗡叫，几声凄厉，几声抽泣”而已。她也明白，这些追不到的坏发票赖在豆田身上，确实有点太难为他了。他究竟是一个外国人，何必来替中国老板揽下一切。那天，豆田在她门口坐了一整天。她中午去食堂打饭时，晚上下班时都碰到了他。豆田一动不动地坐在原地。

办事大厅中央滚动着播放时事新闻，他们唯一共度的一段时光，就是两个人并排坐着，默默地盯着大屏幕看。

他们看见，刚打好地基的剧场外挤满了记者。他们看到，失足坠楼的工人已经被送去医院了。他们还看到，救护车开走了以后，地上留下了一摊鲜血。

豆田从大姐手里接过补税单，然后他手里捏着的东西倏地掉落地上。

一颗被抠烂的梅子，血渗出。

四

廖世奇的桌子底下放着一个烧黑了的银色手提箱。箱子平摊在地上。于晓丹敲开他的门时，他正弯着腰用手理箱子里的钞票。

“税务局又来电话了。”

廖世奇仍然弓着身子，只答了一声：“这事你找豆田。”

“如果这周末再不交，税务局那边会来人没收咱们的发票机。”

“你要是不愿意做，就叫Kira进来。”

“那要看你是想‘做’什么？”于晓丹特意拉长了那个

“做”字。

廖世奇这才抬眼看她。于晓丹穿着一件白衬衫，脑后系了一条白色的丝带。也许是系了白丝带的缘故，显得她身上的白衬衫更白了。视线下降，廖世奇的目光落到于晓丹浅绿色的条绒裤子上。那条裤子有点发旧了。白衬衫塞在绿裤子里。

“我让Kira去跟东方剧场的项目是为了你。”廖世奇说，“我不是怕你忙不过来吗?”

“是你让我过去帮豆田的，这下可倒好，我要跟他一起蹲大狱了。”

听了这话，廖世奇的脸一沉。

桌子下面全是钱。一张张平铺在地板上，还有打好摞的被拆到一半，跟着行李箱掉了出来。

廖世奇用胳膊肘把钱往回兜了兜，说:“晓丹，我不喜欢你现在这样。”

“如果你是路易斯·康，你会怎么处理这些钱?”

“我不是每件事都要请教他老人家吧?”

“这些钱加起来应该够补税了吧?”

“晓丹，其实你一点都不了解我。”

“那你更该告诉我这些钱是从哪儿来的。”

廖世奇拉上了办公室的窗帘。他东拉西扯地提起了那次宴罢归途，在纽约，他曾让她坐在自己的膝盖上。他手舞足蹈地比画着什么，想要抓住全世界。他记不清她那个时候的容貌，却还记得车窗外飞驰而过的星星。他的手紧贴着她，看不清她的脸。

“你清楚，我给不了你想要的……”

廖世奇猛地一抽身站了起来，怀里的钱箱子完全跌了出来，他又赶忙蹲下去捡。那样子好不尴尬。

于晓丹索性背过身去，说：“美术馆的贾总早上打电话来了。”

“你去应付一下吧。”

“他好像还不知道豆田出事了。”

“你听说了豆田的什么事？”

“你觉得我听说什么了？”

“先不要跟这个姓贾的提豆田。他再来问，你就说豆田回日本了。”

“那工地上死的人呢?”

“这不干你的事。”

“死的可是一个人啊。”

“就是死了一个人嘛。”廖世奇倒吸了口气,“还有,那人还没死呢!”

“我照着税单查了一遍,也看过图纸了。”于晓丹的声音哽咽了,她继续说道,“问题出在剧场外面的廊桥。你倒是说说看,为什么要换材料?”

“你搞搞清楚,不是我要换,是豆田说用便宜一点的也没关系。”

“你现在在干吗?”

“你看见了,我在数钱。”

“我不是说这个。”于晓丹也叹了一口气,“你跟我去趟税务局吧。”

“于晓丹,你知道我们为什么走不下去吗?”

“因为,我们不是一类人。”

“你又知?点解你乜都知,呢个世界冇嘢你唔知啊?”

“我当然有不知道的……现在我就不知道,你是突然变得这么爱钱，还是你从小就已经是这副德行了？”

“我同你讲，于晓丹。”廖世奇切回到普通话，说，“再有人跑来问你豆田去哪里了，你就回他们一句话——‘他他妈的跟那个傻×工人一样，都死了’！”

于晓丹愣住了，她不知道自己该做什么反应。那种感觉就像是有人从她的房子里搬走了，还假装自己从没来过。

她在心里告诉自己，再新、再好、再漂亮的房子都不会永远很新、很好、很漂亮。一旦屋顶的铁皮有了破洞，就会有无数个破洞。等到天亮了，日光投进去，丛丛野草也就从地面长了起来。台柱子也都崩塌了，房梁露出成排锈蚀的铁钉头。

时间长了，住在空房子里的人要怎么办？

豆田出事的头天晚上，于晓丹没去找廖世奇。

她记得那天的气象十分奇特，天黑得特别晚。太阳落山之后，日光还是湛蓝的，直直地照入繁枝茂叶的深处。她与豆田的碰面很仓促，地方是豆田选的，在丽都附近的一家居酒屋。

居酒屋门前有个鹅卵石铺成的窄径，在小径的尽头有一棵枫树和一棵梅树。两棵树中间有一座石塔，石塔旁有一座不太宽的木桥。门也是用木头做的。豆田听见屋外有脚步声，从门里笑着探出头来。门口悬挂着的风铃先人一步响了起来，像是有人轻轻地诵着短经。

豆田坐在榻榻米上等她，手边有一个行李箱。于晓丹落座之后，豆田走去关上门，庭外的栈道下有一片褪了色的茶花。豆田说，他们在镰仓的家里也种了一些花。杜鹃还好，像是山茶和樱树都不太好打理。大概是因为天气的缘故。

他们一家人在战后从东京迁到镰仓，带了些幼苗，但是大部分都没有养活。由于镰仓的新家狭小，从前在东京家里寄食的一对夫妇索性留在了东京，帮他家守着房子。说起来，那对夫妇倒是莳弄花草的好手。他的祖父跟这对夫妇关系很好。最苦的日子，祖父用早餐吃剩下的茶汤泡了三碗饭，三个人一起就着咸梅吃。他们三个在战前栽下的红叶盆栽，现在还供奉在老家寺院正殿的佛龛里。祖父

过世之后，豆田的父亲就买下了镰仓家门

寺庙。家里的树也跟着移到了庙里，那叙

山茶后来竟在花盆中长了起来，直到树干

再也容不下它，豆田的父亲也老了。

提起豆田的祖父，豆田的父亲总能后

爷子的一生。据他们在镰仓的一些老邻后

后疯了。他在镜前拔白头发，拔着拔着就

一根根地拔。剩下的头发越来越少

变白。当年幼的豆田站在镜前，指着祖

时，祖父已经分不清白发黑发了。豆田

入镰仓寺院时，没有带走一面镜子。祖

期，死在东京。豆田抱着祖父的遗像，

亲在跟父亲讲笑说，他父亲做和尚就是

件事，怕老了变成他祖父那样。豆田这

的话和笑都没有发出声音，只有说话的

他的父亲在战后给自己取名为"无常"，头扎进了中国文化里。唐画、书法、缂丝、刺绣，什么难学学什么。父亲出家之后没有同豆田谈过祖父的事，他以为豆田不知道爷爷是发了疯之后才死去的。这对父子经常用嘲弄的口气谈论生死，彼此开着玩笑，满不在乎。

“对于一生而言，人究竟意味着什么？”豆田问。

“与其说人耗尽了一生，不如说是一生把人给用光了。”他的父亲说。

在旁观了形形色色的人生后，豆田的父亲在众人的祝祷中离世，死前说了这样一句话——“佛性本身亦无常。”

豆田来电话提出在丽都会面时，于晓丹起初并不在意，但来到这里一看，她有了些不寻常的感觉。庭院里屹立着一棵格外挺拔的枫树，枫枝像是从山上采来的，足足有屋檐那么高。他们同时被这棵树吸引住了。

于晓丹抬头仰望大树。当走近这棵树的时候，她深深地感受到这棵枫树的生命，它的无常。他们坐在木栈道上又聊了一会儿。

回家之前，豆田说他要去一趟银行。在将台路和将台西路之间有一个丁字路口，他们是在那里跟对方告别的。三天之后，于晓丹在拜访过豆田的家人后再次经过这个路口。她低头望着路口的斑马线，突然屏住呼吸，像个孩子似的哭出声来。

豆田是在这里自杀的。

他拎了一桶89号汽油，手里攥着从小超市买的两块钱一个的打火机。火烧到一半就停下了，他痛得大嚷了起来。他说的是日语。围观的人没有一个上前帮忙。他忍着痛拨弄着打火机，想再把自己点着。可是那个打火机熄了火，怎么也打不着了。等他奄奄一息地蜷缩在地，抱着焦黑的双膝默念道——“早知道，我就该买一桶98号汽油，贵的烧得快，没这么疼……这是因果报应，钱不能省啊。为什么我在该省的地方不省，该花的地方不花？早知道，打火机也该买个好一点的……”

一抔土在悠悠地冒着烟。被烧红，烧黑，有的逐渐崩落成灰。

在死之前，豆田拼了命搂住一个铝镁合金的手提箱。这是他刚从银行取出来的私房钱，是他在中国工作十年的全部积蓄。现在，他要把这些钱送去慰问工人的家属。

“请问，请问，请问……”

一缕缕烟如魂魄。豆田的话哆哆嗦嗦说出口。围观的路人听到是中文才有了反应。

过了半个小时，救护车才赶到现场。事发的地上被烧成了一摊黑海，海面上还漂着一些纸屑。等自焚者被抬上救护车后，他脚边的行李箱却被人“调包”了。警察们为了封锁现场，忙得鸦飞雀乱，不可开交，竟也不曾发现。

远远地，于晓丹看到豆田先生在她的身边坐下。

树上的叶子逐渐变了颜色，慢慢将路口烧了起来。树枝扯着火垂了下来，他的背影是一尊佛。

第五章　舞台（背面）

一

半年前被于晓丹删除的电邮，不是一封。

第一封和第二封是在同一天发出的，内容都与一本书有关。

亲爱的廖师：

城市就像一块海绵，吸汲着这些不断涌流的记忆的潮水，并且随之膨胀。然而，城市不会泄露自己的过去，只会把它像手纹一样藏起来，它被写在街巷的角落、窗格的护栏、楼梯的扶手、避雷的天线和旗杆上，每一道印记都是抓挠、锯锉、刻凿、猛击留下的痕迹。

我记得你从前在课上提过这本书，卡尔维诺写的——《看不见的城市》。我今天收拾行李时，才发现我一早就买了这本书。

Kira

第二封最短，只有一句提问。

亲爱的廖师：

你的回复怎么都那么短呢？

我写了好几百字，你就回一两句话敷衍我，这样多没劲儿啊？

对了，你说有没有人真就照着一本书，造一个房子出来呢？

Kira

实际上，Kira一共写了三封信。其中第三封最长。

于晓丹花了将近半小时才把这最后一封信看完。在删除这封邮件之前，她把它抄送给了自己。在那之后，在Kira进公司后的许多个夜晚，在廖世奇不来找她的时候，于晓丹都会把这封邮件翻出来，读上一遍：

亲爱的廖师：

你上封信里讲到你和晓丹姐之间发生的事，听到你说你不知道该怎么办，我挺为你担心的。几年前，我第一次跟着你们到晓丹姐家，那天纽约下着大雨。我和张铎去厨房煮热红酒的时候，意外听到了你和晓丹姐的对话。那时候，你们分别坐在沙发的两头。我记得是你先开口的，你坐在安迪·沃霍尔的海报下面。你说：前些天听人说你病了。晓丹姐想也没想就答道：你听张铎说的？其实这话不对，因为你不是听张铎说的，你是从我那儿得来的消息。

你听我说起她的时候，可没有这么担心。你非常淡然，甚至有点不以为意。你只是说：于晓丹吗，张铎的那个老婆？我和张铎在厨房门口又站了几秒钟，你和晓丹姐竟然都没有发现。你们聊得太投入了，我能从她的眼里看出她喜欢你。

前天晚上，就在我收到你的邮件之后，我跟张铎通了一个电话。我说：我要来北京了。他说：你这是来找我，还是来找廖工？这句话让我听了之后背后发凉，听上去他好像也知道了我们俩的事。我迟迟没说准回来的时候，很大一个原因就是我不想再面对他。当然，轮不着我来说三道四，跟他分手以后我就失去了评价他的资格。我只能说他真的很会伪装自己。

你在邮件里提到你小时候住过的房子，提到过你一家五口住在不到十平米的房子里。真巧，这学期建筑学院的那位日本老师就用“小空间改造”为例让我们提交了方案。咱们班的大部分同学都选择在天花板和墙壁上装镜子，这样就能让空间显得大。可我没有，我觉得这么做是自欺欺人。我还记得你在课上说过，狭小的空间容易放大人的问题。那些活在劏房、唐楼里的香港人只有一个明显特征：他们都很小，不仅仅是物理的，也有心灵的成分。但同时，这些人也把秘密藏在了这个地方。他们忍受着这些空间，为了自己的渺小而惩罚自己。这样的他们，就算是做了什么遭天谴的坏事，恐怕连老天爷都没办法惩罚他们。因为他们占不了天太大的空间。惩罚，也像我现在，等着你的回信，明知道它们是有头没尾的。

可我也不甘心，我们中该被惩罚的是张铎，他才是当年的告密者。他安排了一个低我一届的女孩来诬告你，而且他有动机，因为他嫉妒。我跟他分手的那天，他在我的手机里看到了你的留言。你说你想操我。简单明了的一句话，他不可能看不懂。然后他就把手机摔向了我，他说他要走了，他在上飞机前还有一件事要处理。他说这话时满脸通红，双眼发直，不小心碰翻了桌上的路易斯·康传记。书一晃砸到地上，角落里嗷的一声蹿出了我收养的那只小猫。你还记得吗？我那只尾巴上有白斑点的小猫，很野。它自由惯了，一下子跳到他的肩上，可把他吓坏了。

你走后，小白斑就离家出走了，再也没有回来。

后来，我再次碰到张铎是在咱们图书馆楼下，我敢肯定他看见我了。因为他迎面走向我时特意折返回去。我追在他后面看，他绕了校园一圈才出门。他把帽子拉下来遮住瘦得只剩下皮包骨的脸，匆匆沿街走去。这一路，他都不敢看我。

现在给你写这封信，你不晓得这有多难。我太害怕刚联系上你又要失去你。每当你稍稍给我一点回音时，我会变成另一个我……热烈、激动、亢奋、哀伤，哀伤中还带着一点惭愧。我知道你一定会笑的，即便你没出声。

你说不会有永远“看得见的城市”，我不信。你看当我打这些字的时候，我的城市里，每一扇窗户、每一块砖头、每一条街道、每一座房子都是由你建造的。了解我的几个同学告诉我，我疯了。我让你帮我造了一座没有人的城市。但是，我却在一系列被他们称为发疯的事情上看到了“永恒”。

你看我又在胡说八道了，哈哈哈，哎。

到底什么才是永恒呢？看得见的城市和看不见的城市，究竟哪一个更接近永恒？

不久后我们再见时，我想听你亲口告诉我。

每天都在等待你的信。

爱你的，你的Kira

二

“谈谈你们是怎么相遇的吧。”

“廖工是我在哥大的老师，他教过我一门建筑理论学，还教过我们一节欧洲建筑史。”

“建筑史那节课是我帮人代课的，那门课其实是我另外一个日本同事在教。”

“最近建筑圈都听说了豆田广智的事情，太遗憾了。我们只能说节哀顺变了。”

“我今天来领这个奖，也是替豆田先生完成他的遗愿。”

“所以，艺潼小姐以后会接替豆田先生工作的吗？”

“谢谢记者老师的提问。我不知道，我可能在今天典礼后就回美国了。不得不说，有些人就是这么一拍即合。我和廖工一起工作，相互碰撞，然后有了一些想法……创作这种事情太抽象了，我没办法概括，还是让廖工多说点吧。”

“Kira很清楚她喜欢什么，我也很清楚我喜欢什么，如果我们不同意，我们不会争论。从纽约开始，我一直和很多不同的人一起工作，跟全世界最有能量的人打交道。谁说有才华的人一定很难相处？我们就相处得很好。”

“这听上去怎么让人觉得你们二位在谈恋爱？”

“真的是一件很神奇的事情。我觉得在廖工面前我会很脆弱，我希望他也有相同的感觉。”

于晓丹一愣。

会场中央的大屏幕上，视频播放到这里就中断了。

这一届亚洲建筑师奖选在新落成的东方剧场对外公

布。颁奖礼当晚来了不少人，于晓丹觉得比她参加过的所有典礼加起来的人还多。迎客板上写满了签名，剧场外一张黄牛票被炒到千元。密密麻麻的来宾，是五个候选人的甲方、施工方、团队、同事、老婆、孩子……还有多得数不过来的像Kira这样说不清楚身份的人。

于晓丹远远看到张铎越过门口的安检，端着点心和热水壶向她这边走来。水壶里红灿灿的，泡了太多的枸杞。自从她怀孕以后，张铎变得比以前稳重了。她知道，他的行事风格没变，凡事还是先紧着自己，但也开始学着顾家。他们这次来，是以“北京丹琦建筑师事务所”创办人的身份。

稍早，于晓丹算过一笔账。她和张铎离开廖世奇的事务所，除了美术馆的项目其他什么也不带走。她的父亲给了他们一笔启动资金，说是为了“丹琦”的未来。又劝他们放心，孩子生出来，事务所也就差不多步上正轨了。她让张铎从启动资金里拿出一部分来请廖世奇一次客——散伙饭。可是到了约定的日子，他们还是没等到廖世奇。最后只收到一条讯息，短短的两句——“饭就不吃了。你们开心了，我就开心。”

她欠身离开座位时，被张铎拦住了。

她说她去趟洗手间，去去就回，用不着人陪。

舞台背面台阶上上下下，像一把钩子，把她整个人拎了起来，又像一把锯子，把她放在阶梯中间来回不停地切。

一个U盘，摔在她手里。偷偷踱过廊桥，登上后台之前，她爬了十几级台阶。越往上，路越暗，台阶越陡。她喘着气爬了几级，头晕，恶心的感觉又上来了。前面的路看上去一点不像是通向舞台正面的，但又的的确确有声音传过来。她把手指放在肚子上，向下摁了摁，接着把手松开。

随着肚皮重新鼓起，她体内的一小块东西翻了个身。她听见台前传来的声音，远远地，有人在说：“现在让我们邀请年度建筑师候选人廖世奇先生登场！”她肚子里的小东西又翻了个个儿。她继续往上爬。爬完了二十八级台阶，她脚下的台阶吱吱呀呀地乱晃。她从扶手之间望下去，肚子的阵痛让她不得不用手紧紧捂住嘴巴。这种痛就像是一块什么东西在撞击着别的什么东西。

她的肩膀颤抖着。也是在这时，她手里的U盘从指尖滑落到楼梯的夹缝里。落地时，没砸到人，没撞到墙，没发出声音。

那个U盘中存储了他们在一起的时光，也有一些她帮他打理的事情。一件件浏览过目，耳听身受的种种，便足以勾勒出廖世奇这个人的模样。贪财好色。这里面随便拿出来一桩，都可以置他于死地——偷税漏税，运作竞标，贿选奖项，潜规则实习生……最后这一项，她帮他开掉的女实习生，就不下四个。那些女孩，还以为这是爱情。为了获得他的爱意，她们同意成为他玩乐的对象。他掠食她们，还在开掉她们的时候强迫她们签下保密协议。

心一散，思绪再也难以集中。

究竟是从哪一天开始，她站到了他那边，成了他的帮凶、打手和狗腿子？一桩又一桩，艰难地缓缓上坡。丑事那么多件，一个人哪做得来？不是没劝过他罢手，劝过骂过多少次了，就是不听。

她停下来，一身白衣白裙，循脚下这条路，往环形的旋转楼梯下面看。先看到的是自己的双脚，脚脖子肿得像一个发面馒头。她摸着自己的肚皮再往下看，俯视着楼下的无底深渊。她已经不记得了，不久之前她就是从那里爬上来的。

深渊只有一个灰扑扑的形状。一群人推着一个三层蛋糕朝观众席走去，于晓丹只能看到这些人的脑袋，许多顶厨师帽。自从怀上了这个孩子，于晓丹时常能在血液中感到不可探测的宇宙在旋转。她走路的时候，时常觉得自己是在奔跑。浑身僵直，气喘吁吁。她像是要把这孩子甩掉一样疯狂地跑，跑到一半又突然停下，她不知道该往哪里去。这是个女孩吧，很淘气。她想要把她带走。她想什么都不做，只照顾她一个人。但她马上就在她肚子里闹腾起来，让她知道她没有这个能力。

她单纯固执地认为，自己怀的是一个女孩。至少，她希望如此。从楼道的一头走上来，进入一间长长的昏暗的房间，松木板在她脚下震动回响。如果她生得一个女孩，也要让她穿上她母亲最喜欢的那种碎花小白裙。从她的腹部，从她再次如少女般光滑的阴部，一只小手，一只小脚，软软的，漂浮着。

门开着。从门缝处，于晓丹看到廊桥前面挂着一道绒布帘子。帘子后面站着两个年轻女孩，正在说话。

“我不明白咱俩干吗在这儿守着。”一个女孩咕哝道。

“反正看门的也想不明白他为啥在看门。”另一个女孩说。

“过了八点还没结束，我就先撤了。”

“你干吗去?”

“我饿了。你叫我来的时候不是说好了六点放饭的吗?”说这话的女孩，浑身上下都是圆的，有点胖。

“盒饭发完了，我一直在后台所以没抢到。”另一个女孩耸耸肩表示无奈，她的肩膀没有一点肉。

“现在台上颁到谁了?”

“颁到……”瘦女孩微微掀起帘子看了一眼，然后回过头说，“别打岔!”

“廖世奇吗?”胖女孩把头也凑了过来。

“嘘！不要随便喊我偶像的名字。”

“可你没看见人家‘名草有主’了?”

“不可能，他的老婆只能是我。”瘦女孩说。

“刚刚进门时，我看见舞台边上站着一个女的，那好像是你偶像的女朋友。”

“我偶像说过，他是不婚主义者。”瘦女孩边说边把手放在心口上。

“我怎么听说这里之前死过人啊？好像是个工人。”胖女孩率先直起身，说，“算了，我走了。你是他老婆，我不是，我要吃饭。”说着她跨过了门槛，往于晓丹站着的这道门走来。

于晓丹还站在原地，她听到主持人正在邀请廖世奇上台。台上台下凝滞在同一种渐暗的光线里。看清这一切后，于晓丹做了个极其轻微的动作，她抬肘轻轻推了一下她的肚子，让那小家伙在她的体内安营扎寨。门被推开的瞬间，她肚子里的那块东西，像越过一个山丘那样，翻了过去。

三

116街，哥大地铁站，曼哈顿，纽约。

站台上的指示牌是用马赛克瓷砖拼成的，蓝黄绿相间。黄色马赛克拼成了辞典的形状，代表智慧。深蓝色马赛克拼成了火炬，代表知识。Kira站在“智慧”与“知识”中间，看着列车驶入对面的站台。

车门打开，下车的人像是这城市的排泄物，一股脑倾泻而出。所有人都沉浸在自己的脚步，听凭自己被步履匆匆的城市视而不见。

年轻的白人男孩挥舞着双臂向她招手，她却一反常态，在认出对方是谁之前就落荒而逃。她被人群推着走，回不了头。她出站的时候，跟一个高高胖胖的黑人撞了个满怀。黑人手里牵着两条斗牛犬，向她大叫：

“喂，中央公园怎么走？”

她没有搭理，将一把钥匙拿了出来。她双手颤抖得厉害，没被撞，也没被狗吠，钥匙掉在了地上。

后来，这把钥匙打开了一扇门。她从建筑系慌张地跑下楼之后，回头望，还能看得见这扇门。

门里边，窗户是由廖世奇设计的。在他接下中央车站项目之前，他最大的成就是做了这些不起眼的窗户。他在课上教她如何处理玻璃，告诉她一扇窗其实就是一个人的轮廓。窗子反映的是人的存在，像人一样有高矮胖瘦，有横竖之分。横向的窗子像画卷一样，展开了，给人看自然光映照下田野的印记。竖向的窗子反映的是城市的印记，将带着透视感的街道一下子拉到人的眼前。

校园的大道上只剩下刚排练完的乐手，三五成行地走着。她背朝着他们慢慢转过身。她一直向前走，飞快地穿过了百老汇街，从一道厚重的铁门后钻出来，汇入了滚滚车流之中。

纽约的上西区，刚下班的工薪族正赶着去下城喝酒。Kira不知道看向哪里。她在街口看到了一家店铺，店前放着一台体重计。她鬼使神差地站了上去，然后这时候店里出来了一个大鼻子的褐发男人。他瞥了一眼磅秤上显示的数字，拿出一张纸条写下“重，八十九磅”，然后塞到她手里。她这才发现，自己手里紧握着一张纸。

“钱?”那个男人想要她手里的纸。

Kira看到一个犹太人，然后又看到一个，接着还有一个从店里走了出来。

“我刚刚迷路了。”

说完她疾走了几步，换了条街走。

她一直向前走。她注意到橱窗里琳琅满目的货品，珠宝、帽子、连衣裙、威士忌、波斯地毯、穿着貂皮大衣的假人模特。经过一个橱窗时，她的步子稍微放慢了一点。她感到有什么东西在动。接着，那件大衣掉到了地上。她看到橱窗里的女人正对着她身后的男人抛去飞吻。她这才意识到，那是一个真人。她身上除了一对乳贴，一丝不挂。

街上的男人越走越慢，不少人走过了这家又半途折了回来，好让自己再多瞧这女人几眼。男人们得意地吹着口哨，有的人开始往橱柜下面塞钱。他们排起了队。钱是一张一张地塞，橱窗里的女人只把乳贴掀起来给那些塞了十美元以上的男人看。前面的男人看完了舍不得走，被后面涌上来的男人赶走时不屑一顾地撇撇嘴。不过在女人重新套上大衣之前，没有男人敢走进店里。只有一个回头客不小心撞到Kira身上，低哼了一句骂人的话：

“看什么看，不就是个骚娘们吗？”

Kira推了门，走进了女人所在的那家店。店里什么都没有，空空如也。她穿过了这家店，推开后门。两个同样穿着貂皮大衣的女人叼着烟一脸狐疑地看向她。她没有跟她们打招呼，带上门之后就沿着小街上了主路。

两条街以外的路口，她认出了熨斗大厦，它横在路中间，将街区一分为三——23街、第五大道和百老汇大道。她走过一个又一个街区，穿过无数的商店，还是没有走到路的尽头。

银白的日光从那儿泻下，向四方逃逸，和大大小小、红红绿绿的灯牌混在了一块。某个瞬间，一对夫妇捧着牛皮纸包好的灯牌，迎着她走来。老夫妇的目光是诚挚的。透过牛皮纸，灯牌闪出一个“爱”字。

走得更近些，才瞧清楚店门开着。

她终于下定了决心。

在午后越来越暗的光线里，她没有太多感觉，只是筋疲力尽，好像被人抽了真空一样。她永远不会告诉廖世奇这件事。即便她在将来坦白了一切，也不会有人怀疑她的动机。

“于晓丹，呵。我是嫉妒你啊。”她攥着那张从廖世奇办公室偷出来的纸，低头看看上面的名字，“可是我不说，又有谁会知道?”

太阳在一排商店的背后落下。她回到街道上时手中也捧着一块灯牌，同样用牛皮纸包着。熨斗大厦被夕阳切掉了一个角。这时，帝国大厦已经远到看不见了。

她不知不觉走进了一片街心公园。这片不算大的草地，夹在大楼和小道之间。草坪上有跷跷板和供小孩嬉戏、洗澡的碗和盆。这里杳无人迹。她绕着护栏走了一圈，看着远处的摩天大楼化成高矮不一的银针，在她身后划开一条条细细的缝隙。

她选了一条长椅，坐了下来。她打开外包装的牛皮纸。“廖世奇”这三个字便漏了出来，闪着光。她按掉了灯牌背后的按钮，蓝色的光才停了下来。

一声响亮的狗吠让她回过神来，她抬头看见一个穿长风衣的秃头男人牵着狗向她靠近。她慢慢转过身的同时，听到男人向她发问:

“小姐，一个人吗?”

她本来可以说“我迷路了”，但她没有这样做。她按下了灯牌背后的另一个按钮。紧接着，猩红色的标语变速频闪了起来。

狗瞪着灯牌，停住叫嚷。

第六章　廊桥

貘，似牛似虎似象。

貘，以吃人的梦为生。但也有人说，它什么都吃，连同造梦人的房子。

谁也说不清楚，貘是什么时候从中国传入日本的。人们只是听说，每当到了月色朦胧的夜晚，貘会离开幽深的山林，潜入村庄。貘生性胆怯，只会找上睡得最香的人。

貘喜欢小孩，因为他们熟睡之后不容易被人吵醒。貘用它的象鼻推开门，顺着楼梯上了二层。孩子的梦散发着香甜的气息。貘不用打扰别人，很自然地就摸上了他们的床头。貘在孩子的枕边发出摇篮曲似的歌声。呼呼。孩子在这种回声下，睡得越来越沉。

孩子的梦，由无数的点组成，无数的点组成了面，无数的面又形成了体积，都被那貘一点点、一条条、一片片地吸了出来。呼呼。呼呼。

于晓丹住在这栋二层小楼里，她在那里出生。

小时候，她在床头，母亲在床尾。有个声音告诉她，如果她撒了谎，就会有怪物把母亲拖走。她忐忑地试了一下。一只呼呼喘着气的小怪物果然从床底翻了上来，咬着母亲的头把她拖了下去。过了一会儿，母亲再次出现在床尾，毫发无伤。什么都没有发生，貘吓不住她。可她知道了一个秘密——她能掌握母亲的生死，她能让母亲受苦，她也会感到内疚。

再见到母亲依旧是在楼梯上。旋梯螺旋向上，连接一楼与二楼之间。母亲瘦高的个子，面目模糊不清。她系着一件碎花围裙，站在厨房里焖猪蹄。她本该有一对微微发肿的眼皮，一双乌黑透亮的秀目，整个人像是插在铜瓶里的一枝玉莲。她那张本该明朗的脸庞，却影影绰绰的，怎么也看不清楚。她们隔着楼梯交谈，谈话的时间不超过十分钟。

于晓丹没有走下楼。高压锅里的猪蹄她一个也没动。她记得她短暂地离开了一阵，上楼去接了一个电话，是廖世奇打来的。他也听说她有了自己的孩子。他问她怎么打算的。他怕她还没准备好。随着一阵呼呼声，再往后，记忆断了。于晓丹看见厨房的门刚打开，她的妈妈立即站起身走了出来。她还穿着刚刚那件围裙。

于晓丹听见了她们的对话：

“你才怀上，没坐稳，可别乱动。”

“我怀上什么了？”

“瞧瞧你这肚子，不是男孩还能是什么？”

“我怀孕了？”

“可不是嘛，妈真替你高兴。”

“妈，你不骂我吗？”

“一个女人想要孩子，旁人怎么阻挠得了呢？再说了，男人哪能明白我们啊。”

关于她母亲，于晓丹知道得很少。她只记得儿时抱着母亲时，母亲身上的痱子粉香，新换上的白底小花连衣裙跟自己身上的一模一样。母亲从前是学跳舞的。她这一辈子，除了跳舞以外知之甚少。洗完澡，母亲盘起一只腿，脚搁在膝盖上，干净的衣褶，静静垂下的小白花，一副菩萨真人的模样。

天下太平，家家安分守己，女人出嫁，伺候丈夫，生儿育女，梳一样的头，煮一样的饭，说一样的客气话。很长一段时间，于晓丹总认为，是因为她，母亲才变老的。

于晓丹看见父亲在母亲死后给她洗脸，给她换上小白花裙子。父亲睡在死去的母亲身边，温柔地说着悄悄话。母亲过世后，父亲才说，岁月变了。他时常对着母亲的照片发呆。他说母亲一个人在照片里，太高了，像一座山。母亲低垂的脖子太细，更显得她高。照片里，母亲用一只手抓住她胸前的小花，生怕那些花朵滑下肩膀。母亲没有站稳，眼看着就要摔倒了。

厨房的门开着，锅里还煮着东西。

她想起母亲临终前的样子。母亲整个人都垮了下来，目光涣散无神，光秃秃的脑袋因为长期化疗而浮肿不堪。她会说一些语无伦次的话，有时像是在回答亡者的问话。母亲还偷偷把自己叫到床边，跟她分享了自己没有经历过的生活——她说她去了日本，站上了舞台，有人带她去看寺庙门外盛开的山茶。她在弥留之际做尽了一切可以让女儿幸福的事，可她的女儿并没有因此而过得幸福。

“你生了我，可我早晚会死。那你生我的目的是什么？难不成，是为了生出死亡来?”

于晓丹的哭声中，没有母亲的回答。

“妈，我昨晚梦到你了。”

这是一部螺旋形的楼梯，向上看，向下看，路都没有尽头。

于晓丹呆站在楼梯上，等着她的母亲从门后探出脑袋。

她没有等到。醒来后回想，梦中关于母亲的一切，没有一件是清楚的。做了第一个梦之后，于晓丹隐隐听到貘潜入房间的声音。那声音在廖世奇出现时变到最大，狂风骤雨一般，呼呼地敲打着门。连楼梯都要被震碎了。

母亲的话又响起:“留下来过夜吧？房间都空着呢。”

第二次梦醒，于晓丹再也不能成眠。她盼着黎明，将手握成一个拳头。为了记住母亲，于晓丹用指甲狠狠抠住自己的手掌。鲜血从手心涌出，掌心火辣辣地疼。上午雨停了，下午反倒刮起了暴风雨。夜晚笼罩在雾色中。为了逮住随时可能逃走的貘，于晓丹早早地上了床。

然而这晚貘没有来，她也没再梦到母亲。

第七章　后台

随着时光流逝，我慢慢地明白了，只有真实存在的东西才会消失，不管是城市，爱情，还是父母。

——卡尔维诺

《纽约客》上说过，判断男人是否爱一个女人的标准有很多，但最管用的一招是，“看他愿不愿意带她走”。这句话被写在一篇情感专栏上，文末用脚注的形式添了一句话，“这种情况并不适用于女生主动”。Kira读过这篇文章，但读得不够细，漏掉了作者补写的那句话。

廖世奇获奖之后，Kira以为他们就此可以重返美国，安心地过一段小日子。她买好了机票，收拾好了行囊，走之前正好有一个晚上无所事事。她没有把见于晓丹的事告诉廖世奇。

Kira约于晓丹在三里屯的一家新派融合菜馆吃饭。她带了一个小男孩来，向于晓丹介绍说这是她的表弟。餐厅的花园里有三面墙，墙上挂着成串的空酒瓶，在风中颤动、碰撞。瓶子高高低低的，有的瓶口朝上，有的朝下。于晓丹和Kira在一排酒瓶前面坐下。

“你来了。”

“嗯，路上有点堵。”

服务员按照Kira的吩咐摆好了桌子。桌上还摆了一瓶新鲜的铃兰。Kira说，这家店是她爸爸帮着设计的。餐厅老板没给钱，给了他们股份。过去只有他们家在这里办派对的时候，餐厅才会把酒瓶一一挂起来。

“我不要跟你们吃饭!”一个长着猴脸的男孩，从她们桌上抢下了自己的盘子，蹦跳着往厨房跑去。

“喂，王艺飞，你怎么那么没礼貌啊?”Kira向他吼道。

“那是因为我讨厌你!”孩子隔着后厨的窗户向她们嚷道。

离近了一看，于晓丹发现那些空瓶子都密封着。瓶口之密，几乎到了不透风的地步。

“别管他了，这是个小疯子。”Kira说，“晓丹姐，你现在几个月了?”

“预产期在下个月十五号。”

“那不是很快啦。男孩，还是女孩?”

“我没做那个检查。”

于晓丹的肚子已经不只是“显怀”了。尖尖的肚子透过连衣裙向外别扭地鼓起，犹如一口颠倒过来的钟。

“晓丹姐的这条裙子蛮好看嘛，什么牌子的?”

“哦，这是防辐射服。”于晓丹低头看了一眼，“如果你想要，我多买一件送你。”

“我收了这条裙子是不是会沾上你的喜气，也怀上个小宝贝?”Kira对着厨房斜望过去，逐渐收住了笑，“不过，我可真不想生出那样的怪物。”

“你表弟看上去挺聪明的。”于晓丹说。

“他其实不是我表弟，他是我爸跟他二奶生的。”

等菜的间隙，她们上了楼。餐厅二层是一个酒吧，刚改造好，还没开始对外营业。Kira没开灯。楼上有更多的瓶子。除了瓶口朝下的，其余大部分的瓶里或多或少都盛着水，是酒也说不定。

花园里，小男孩正躲在闪着银色微光的池塘背后。他的影子比他本人要瘦，像一只竹节虫。不远处，厨师长把帽子拿在手里，穿过一排灌木，看向四周的掩蔽处，东寻西找。结果男孩还是被厨师长逮着了。为了抵抗，他使劲咬了厨师长的胳膊一口。随着厨师长“啊”的一声惨叫，这孩子就一溜烟地往屋里跑了。他边跑边喊道:“王艺潼，你这个臭婊子!”

“王艺飞，你妈的!”Kira笑着向奔跑中的孩子竖起了中指。

好一会儿，菜上齐了，一份载着满满贝类鱼类的海鲜拼盘，几片切好了的法棍面包，一碟加了黑醋汁的橄榄油。还有一盘配菜，几大块洋葱、黄豆和马铃薯。

她们坐在那里，接下来又聊了一些有关基因遗传的话题。那个小男孩也凑了过来，死死盯住他的姐姐，直到他姐姐的面孔在黑暗里模糊起来。

“虽然我没有你老，”他说，“但我比你聪明一百倍。”

“你给我下楼写作业去！”Kira说。

男孩一动不动。“前几天，”他朝着于晓丹嚷道，“我看见王艺潼和一个男的在床上生孩子。”

Kira笑了，她毫不害羞地扯过来男孩的耳朵，表情漠然地说：“你倒是说说看，孩子是怎么生出来的？”

男孩被这么一问，浑身上下每一块肌肉都绷紧了。他憋了一会儿后，大声地叫嚷起来：“反正我妈说过，你和你妈都是不要脸的臭婊子！”

“小浑蛋，你给我听好了。”Kira一把扼住男孩的脖子，把他搂到了自己的怀里，“万一你爸今天就嗝儿屁了，殡仪馆会通知我和我妈，葬礼的丧主是我，然后是我妈。

你妈那个小娼妇连给我爸守丧的资格都没有……要我说，你的命怎么这么不好，投胎生在这样一个娘胎里?”

孩子疯狂地蹬着腿，想要挣脱Kira的控制。

等到Kira松开手，他“哇”一声哭了，大声嚷着跌在地上，然后赶忙爬起来，头也不回地一溜烟绕过了屋角。

“晓丹姐，我们刚才说到哪儿了?”Kira拢拢头发问。

“你说跟年纪大的男人生孩子，孩子容易聪明，因为继承了男方的基因。”

“对，不过这是好的一方面。坏的那部分是，也容易遗传老男人的一些慢性病。”

“你想要孩子吗?”于晓丹若无其事地问。

“想啊，我当然想！像晓丹姐你这样多幸福啊，我看着都替你开心。而且我特想在毕业前就把孩子生出来。然后呢，拖家带口地上台领学位，左手牵着老公，右手抱着宝宝，多自豪啊。”

“那你得先有个男人。”

“嘿，这不说有就有了嘛。最近，我们要一起回美国了。”Kira的语气也是若无其事的。

就在这时，那个男孩又杀回来了，手里握着一把绿色的塑料水枪。

“举起手来，王——艺——潼——！”

没等Kira来得及反应，小男孩一跃而起，举起水枪开始疯狂地向她们扫射。厨师长冲进来奔向小男孩。小男孩滋到一半就被厨师长拎了起来。

于晓丹抬起袖子去擦鼻子，但被Kira阻止了。“那样不干净。”她说，“用这个吧。”

于晓丹接过这张白色的手帕，弯下腰来擦衣服。

“还有那边。”Kira擤擤鼻子，指给她看。

等于晓丹把脸全擦干后，她在叠手帕的时候才发现这原来是一张纸。那种厚厚的棉质纸，哥大留学生圈子流行过一阵的玩意儿。在她把手帕放进口袋之前，她看到了上面用马克笔写了一行小字——“给晓丹”。

Kira猛地挺直了后背。“也不知道是谁写的，”她说，“在我回来之前，他留在纽约办公室的。”

“廖世奇的办公室。”Kira重复了一遍。

于晓丹坐在那里低头看她。后来，她忍不住用手摸了摸自己的脸，才发现自己的笑容早就干透了。她只能说：“这些事你不用跟我说。爱情和两个人有关，你用不着跟第三个人交代。”

“也不一定是爱情。有的时候就是忍不住，嫉妒呗，想赢呗。不过，话又说回来，做女人，谁不想赢呢？”

这时，小男孩也凑了过来。他上眼皮耷拉着，靠在Kira的肩上像是要睡着了。Kira喊了他几声，他没搭理，两只小手却伸过来，抓住他姐的胳膊不放。

“你不要回美国了，好不好？”孩子昏昏沉沉地问，“我不许你走……”

Kira就这么让他紧握着，问道：“怎么啦？你不是最讨厌我吗？”

那天晚上，她缓慢、吃力地回想着一天发生的事。

于晓丹一回家就看到张铎，脸色很难看地在家门口等她，问她这一整天到哪儿去了。

她的脚肿得厉害，疼到蹲不下来。

他侧过头，斜着眼，看到她回来还是没动，靠在玄关盯着她换鞋。

她最后只说了一句:“梦游。”

那天夜里下了大雨，于晓丹起来小便，推开洗手间的门却看到张铎正坐在马桶上，兴奋地刷着手机。

看到晓丹，他眼睛一亮，嘴角飞快地闪过一丝笑意。

张铎解释说，这么大老晚还不睡，不能怪他，要怪就怪廖世奇的“瓜”太精彩了。

从他破碎的语句，她拼凑起了一个故事：不知道是谁寄了一个U盘给组委会，把廖世奇过去的丑闻给曝光了。这届的几个评委联名上书，要求廖世奇把刚刚获得的“亚洲建筑师奖”退还回来。这些人说，大奖不能颁给一个“杀人凶手”。

“凶手，他杀了谁呢?”

“你说呢?”

“他是有很多问题……但他不会杀人。”

“他手上过的人命不止一条吧？当年受伤的工人都站出来说话了，坐实了他偷换施工材料的丑事，谋财又害命，鬼知道他吞了多少钱？昨天有几个前同事打给我，我们现在都统一口径了——就是他丫的，害死豆田先生不说，还在人家自杀的现场偷走了‘补偿款’。我看他是预谋已久……他调包了豆田的箱子，给警察留了一个空箱子！好家伙，偷走了有一百多万呢！”

张铎一连说了无数个“偷”。于晓丹看着他，却像是不认识他。

“奖杯，奖金，还有什么其他的，统统给丫没收了。”张铎连笑了三声，“豆田君，可算是给你报仇了！”

第八章　出口

一

三年多后，一天清早。于晓丹一家来到东方剧场门口，碰巧赶上一队少男少女走在剧院前的铺石路上。于晓丹正抱着琦琦，站在人墙的后面。琦琦把视线投向戴着能剧面具的少年身上。那些少年都戴着不同的能面，看上去是从很远的地方来的，穿着木屐迈出的步子显得有些疲倦了。

听说豆田过世之后，阿照从他的镰仓老家接来了一些盆栽，其中就包括豆田一家非常珍惜的那盆枫树。令人纳闷的是，豆田作古了，盆中的红叶也跟着谢掉一大半。

于晓丹说她梦到豆田转世做了花草，就植在东方剧场的后院。

阿照要她别胡思乱想。没听说过秃子变成山茶花的，一开还一嘟噜。

这次是受豆田太太委托。不得已之下，阿照找来于晓丹的爸爸，请他在入秋之前帮忙搭一个盆栽架。于晓丹一家三口走到了后院，果然看见阿照和于爸爸站在盆栽架下攀谈。

“你们聊什么呢?”于晓丹扬声说。

“阿照说山茶到了我手上也开得很好呢。”于爸爸答道。

后院中央有一块约莫六七平米的空地，盆栽架就搭在这里。那上面堆放着成排的盆栽。在豆田的红叶盆景旁边，放着几盆山茶花。盛开的花朵，大小不足一寸。

“老话说得好，树挪死，人挪活。”张铎问道，“爸，它都这样了，还能活吗?”

“咦，不懂了吧。你不要看它现在蔫头耷脑的，到了秋天它一准会活过来。”于爸爸谈了一些莳弄盆栽的经验，还谈到他上网搜到的一些日本人爱好盆栽的传闻。

“剧场门口的山茶花开了好几朵呢。”阿照说，“真是多亏了于老师。”

“嗐，我一个退休老头子。你不嫌弃我，我感谢你还来不及呢。”

“瞧您说得，我知道这些都是重瓣山茶花，可不好伺候哩。”

阿照说着将一盆花摆正。

“让我看看。”

琦琦踮着脚，用鼻尖轻触山茶花的花瓣。白底红条的花朵像浪一样逐层绽开，几十乃至上百片花瓣微微摇动着，只有顶上六角形的花冠岿然不动。

“也不知道豆田的家人怎么样了。”

“你学昆曲也有三年了，不是下个月就要去镰仓演出吗?”张铎说,“到时候你和阿照可以顺便去拜访一下。”

“你不反对我去日本了?”

“咱爸都没说什么，我能说什么。”

“我走了，你可就得在家带孩子了。”

“别说得我好像不管琦琦似的。”张铎朝着于晓丹这边侧过身，苦笑道,“有些人每天在家吊嗓子，吱哇乱叫的。走了倒好，还我一个清净。”

这时，于爸爸插话道:“我看你们也别吵了，琦琦交给我吧！反正我也跟晓丹的继母分开了，正愁家里太清净了，一个人待着闲得慌。”

“你们也知道，昆腔不好练的。”

这时候，琦琦已经跑到盆栽架后面去了。他爬上架子的第二层，用一根不知道从哪里找来的树枝拨弄着山茶的花蕊。

透过花，于晓丹看到戴面具的少男少女排着队入场。其中一半坐到了入口处的折叠椅上，其余的则向前拥挤，几乎是人叠人地往里进。

“面具，妈妈，我要面具。”琦琦望着少年说。

“今天到场的大朋友小朋友，不要急，每个人都有。”阿照安抚了一句。

于晓丹牵着琦琦的手。直到那些小演员登上舞台，琦琦依旧双眼灼灼望着他们。

“面具，妈妈！”琦琦在观众席上嚷个不停。

于晓丹赶紧搂住琦琦的肩膀，把她头上系着的面具解下来。琦琦用手抓住刚从她那里得来的新面具，一个劲地向前伸。

舞台的灯光暗了下来。幽幽发出松香的木板，一片叠着一片，从观众席一路铺到台上。剧场里满是新木头的香气，昏暗，有人拎着一盏灯为观众引路。从玄关一路走过来，脚步杂沓。明明是踏在黑色的木板上，却像是赤脚踩在渗出水的泥土上。

于晓丹看着琦琦，看着看着眼睛模糊不清了。琦琦戴着的是慈童的面具。那面具和孩子的脸朦朦胧胧的，仿佛黏在了一起。

“嗯？”

前排坐着的人，被琦琦用面具撞了后脑勺之后，没有丝毫不悦。他转过头来，把手搭在椅背上，说：

“你是不是想要叔叔的面具?”

“不用，谢谢。他就是想要妈妈。”于晓丹把手绕到琦琦的胸前，抓住腰带把这个小家伙拽回座椅上。

“你是他的妈妈?”

台下的观众也戴着面具。轻而薄，似笑非笑的面具挂在人们脸上。于晓丹在这阵黑暗中一直注视着前排的男人。她有些怕，拿不准他戴着什么面具，拿不准他转过头来会说些什么。心想是不是要转身就走，不能留恋，不必纠缠？她至少该为了孩子打算。

世事的变化有时远远超过她的想象。

剧场上方打出横纵两道光，汇聚在舞台中央。是阿照出场了。她从胡同的边檐下走来，走过后台，进入廊桥，最后静静地走入由四个立柱支撑起来的舞台。光跟着她。她走的是能剧里的滑步，脚也当作手。用缓慢而连贯的动作，解说着空间，解说着故事——光源氏窥见阿照饰演的六条妃子，正准备弃她而逃。

光源氏一转身，被一只小手拽住了。他低头一看，是一个戴面具的小男孩。

“慈童面具，你是小菩萨?”

孩子面具上的笑颜，比小家伙的脑袋还大。

于晓丹从座位上站了起来。她仔细盯着台上的孩子看，她不知道琦琦是什么时候被人带走的。

观众席上一片骚动。有人指着于晓丹说，她的孩子不见了。

舞台中央挂着一个吊灯，它的光，反倒被调得最小最微暗。有一双手贴在那微光之后。于晓丹清楚地看到那人穿着白衣白裙，从侧面登台、靠近、拉扯，那女人拉住琦琦又抱又亲的，依依不舍。

那女人看上去悲伤极了，在楼梯口紧紧地抱住琦琦。

琦琦自始至终没吭一声。

女人抱起琦琦，轻轻地拍着背，像个母亲那样。后来，她抱着孩子走过来，走上舞台。她用自己的双脚度量了这座耗时三年建成的剧场。琦琦驯服地把脸贴在她肩膀上，一点也不畏生。

那个女人带着琦琦走到阿照身边，三个人并排站着。琦琦立在中间。近乎失神，聚光灯照在他们的面具上。陌生女人在灯下喃喃自语:“孩子们长得真快……过了三岁，手掌的纹路都变了……”

于晓丹咬着唇，热泪滚滚而下。她使劲摇头。因为她看到一个灵魂踱出那女人的身体，朝着她身旁的孩子重重落掌。

灵魂扑向孩子的身体。

阿照挥开陌生女人的手。

于晓丹朝着舞台，奋力狂奔而去。

三年了，爱与死，美与梦，怨怼与痴恋，一切都在夜晚的空气中手拉着手。没有手的人，必须赶在天黑之前鼓完一天的掌。

“看，这手!”

听了阿照的话，戴面具的观众纷纷抬起自己的手来，仔细端详。

琦琦从台上跳了下来，摔在于晓丹的手上。

鼓掌。

保安们赶到，用手架着陌生女人离开舞台。

阿照的声音从台上落下，几乎干涩嘶哑：

“喂……我呀，要是你和一个比我年轻得多、漂亮得多的女人结婚的话，我就……”

舞台在旋转。像是为了救场，扮演光源氏的男人从背面出场，他说：

“你就……”

“我是不会去死的。”

“那就好。”光源氏的扮演者斜眼睨一睨她。

不知为何，舞台在向着上、下、左、右、前、后六个方向展开。玄关消失了，观众席消失了，随之消失的还有屋面的巨型天花板。须臾之间，东方剧场变成了一个盒子，盒子的每一面都连在了一起。

观众听到乐队伴奏的“と—ら—と—ら—”声。

台上的人握着手，他们也已经很久没有好好体会了。

“我不会去死，但我会去杀死那个女人。我的魂灵会从我的活生生的身体里离开，去让那个女人痛苦：去折磨她，去责打她，去祸害她。只要她不死，我的怨灵是不会收手的。而那个人会很可怜地，每晚每晚，一直被鬼怪纠缠，直到……”

“死，你是想说‘死’？”还是刚刚闹事的女人。她的声音从玄关外面飘了过来，“你一定没丢过孩子吧？要是丢过，你就知道死才是最容易的！”

那晚，观众的反应很热烈。

疯了似的鼓掌，叫好，叫得很大声。

散场后，退席的观众不肯走，把剧场的出口堵死了。

琦琦握着面具蹲在隧道口，望着几个女孩子玩过家家。孩子们揪下山茶花的叶子，用面具的棱角把它们剁碎，分开倒在面具上。琦琦年纪太小，又是个男孩，那群女孩没让他入伙。

过了一会儿，拥堵的地方开始松动。于爸爸跟在鱼贯而出的人群后面，刚要迈出步子，琦琦追上来喊了声“姥爷”，缠住他不放。没办法，于爸爸弯下腰牵起外孙的手，一直走到胡同口。

在他们身后，于晓丹和张铎肩并肩走着。

张铎随便问了一句，说："你觉得刚刚那人是谁？"

于晓丹愣了一下，没接话。

再转入巷角，路灯就灭了。巷子里灰蒙蒙一片，四周沉静，只有风吹过远远近近那些矮屋的瓦檐，发出一阵沙沙的微响。

一个女人立在杨树下，撑着一把雨伞，伫立着。她的手上还拿着面具。

"晓丹姐？"

整条胡同只剩下这两个女人。

于晓丹背倚着墙。清清楚楚地听到Kira说，她生了一个孩子，也是廖世奇的。

"那孩子现在在哪？"

Kira压低了嗓门想说点什么，一副欲言又止的模样。

"晓丹姐，刚刚上台表演的是你的孩子吧？"

"你怎么会……哎，你为什么要领他上台？"

"因为我喜欢他啊，第一眼看见就喜欢。哦对了，他叫什么名字啊？"

Kira用力点点头。长期靠药物维持弹性的脸上有一种悲哀的塑料感，流泪时活像一个人偶。长期失眠多梦，她的脸垮掉一半，更似一个被人戳破的充气娃娃。Kira说她的孩子丢了，失踪了。

“你的孩子……是怎么丢的?”

于晓丹很觉心酸，孩子一个一个地生下，女人们反倒更孤单了。

“他两岁半的时候被他爸爸带走了，然后就再也没回来。”

孩子才学会说话。Kira的孩子还那么小，那么可爱，竟然会遭遇到那样的意外。

于晓丹也很歉疚。她没想到在自己身上发生过的，后来又在别人身上发生了。周而复始，所有的爱情最终都过了期，成为昨日，昨日的昨日，的昨日。

临到告别的时候，胡同里飘起了小雨。层层的雨声像层层的落叶，怎么也停不了。

二

寺门在漆黑中静谧依旧。侧门留了一条缝，从门里往外透出星星点点的微光。这是住持听说于晓丹会晚到，特意给她留的门。这光直到清晨敲钟时才熄灭。

于晓丹住在美术馆阁楼上的小屋，她直起腰伸手推开窗，伴随着门窗坠子相互碰撞发出的清脆声响，小小的白花带着浓郁的檀香飘落下来。许久，她才发现那霏霏而降的，是雪。

伽蓝寺是一座名刹。明朝以前，这里供奉的是四川本地的祖师名宿，规模仅比一般的家祠大一点。山门外的桢楠，大多是那个时候种下的，跟着也种下了一个传说，“石牛对石鼓，银子万万五，有人识得破，买尽成都府”。在人迹罕至的楠林深处，传说也能平添几分神话的色彩。

入了伽蓝寺，参天的楠树将屋宇围住。迎面是大雄宝殿，两边跨院，东边种的是桧柏，西边院内是竹丛。山寺不大，一下雪反倒显得空。大殿四周的院墙紧挨着后院，坑坑洼洼的墙头上生满芒草。过了花季的山茶在正殿门外放着，新来的住持告诉于晓丹，这些花都是豆田生前送的。

要往后院去还要再爬几十级台阶。台阶由青石砌成，虽不比山下那一百零八级陡峭，但却极易打滑。脚踩在台阶中段，苔藓最少的那一段。于晓丹随着住持默默前行。石阶上方是伽蓝寺的后院，院门口架起一座绛色的圆形孔门，上面有“缘生如幻”四个字。题字的人是上一任住持，他的名字在后院的佛塔底座也能找得见。

从寺庙的开山住持起，高僧们就在这里圆寂。绕着佛塔转了几圈，新住持讲起前人弥留之际时的逸闻。有些事他也是听老住持讲的。有一位念叨了一句“人生真无聊啊”就死了，还有一位在死前说“把窗打开，让光进来”。说到底，这些人当中没有一个是诵着佛经走的。

新住持剃了光头，头顶上还有毛茬冒出来，大多花白了。一笑起来，从眼角两撮最深的皱纹开始，他的整张脸都卷了起来。

他双手合十，如同对着观音那样同她说话。他说他自己也想不到，过去在蜀地出了名的贾大善人竟然会皈依佛门。雪地上，于晓丹似乎看见他在笑。她只跟贾总通过一次电话，很可惜，没能看见贾总下定决心要出家时的表情变化。她想他头上的皱纹肯定聚在一起，痛快地笑，笑这世上再无贾总。

接下来的几天，他们每日从山下挑水上来。住持一人攀登百十来级青石台阶，犹如一个狂人。他哼起老住持临终前唱过的歌，像是吹熄的蜡烛上腾起的青烟。狂人与歌，浸在这寒冬腊月的清洌山色中。跟在歌声后面的是于晓丹。她敛声屏气，顺着石阶一路向上，踏着雪。

豆田死了之后，没有人再提过南泉斩猫。于晓丹从镰仓回来，在家休息了几天后就直奔这里。她知道他来过这里，她知道他住在这里，她要来找一个答案。

山寺与昆腔，原本是没什么关系的。她在镰仓唱的是《游园》的《皂罗袍》，有日本观众在她谢幕后送上花，夹了一张纸条。上面用中文歪歪扭扭地写了一行字："您这段《皂罗袍》就是坂东玉三郎也比不过。"还有当地的记者夸她是无师自通的“小梅兰芳”。这些奉承的话，她读了之后转给阿照看，阿照摸摸自己的喉咙，再摸摸她的，和着水磨调哼了一句:“你——可——真——不——要——脸——啊——”

一上台，一亮相，还没开口就把台下压住了。于晓丹知道自己凭的不是本事，而是一种她说不清的东西。她跟着昆剧院的师傅学了三年昆曲。刚开始最难学的是放松。吸气之后要轻轻地把气向下压，让腹肌紧绷，忍住气一会儿，然后再尽量缓慢均匀地吐气，停顿一会儿，再快吸一口气——就这样不停地吸进呼出，自然形成一种韵律——上吸下叹。杜丽娘是喊不出一首《游园》的，要靠这吸和叹。

于晓丹也不否认，她之所以学习昆曲是受到能剧的影响。她知道，中国昆曲与日本能乐至今都有超过六百年的历史。两者皆来自东方古老的祭祀传统，能剧以“娱神”为目的，重视虚空的神祇多过现实世界里的观众，但昆剧是以“娱人”为己任的，哪怕是要唱给“神”听的，也要兼具人的精气和美感。

练对了，她觉得昆曲一天比一天容易。从这种呼吸中，一股古人的精神丰盛流畅地注入她的四肢，她觉得自己就是杜丽娘，她一开口反倒更轻松了。后来，她未开口就先听到笛与箫。笛声如同流水，把靡靡下沉的箫声托了起来。谁能想到，中国文化竟托着杜丽娘的怨情，绵绵地送到日本人的梦里去了。她吊着眉，包着头，上齐了眉穗，戴定了头套，杜丽娘又从《游园》里活了过来。笙箫管笛，金石丝竹，若不能丝丝缕缕地吐出来，就成不了遗世的公案。

三

廖世奇到达山寺时天刚蒙蒙亮。

他把头上的毛线帽摘了下来，用手搔了一下头上那几绺头发。

他们再度遇见时，于晓丹对他说："你又把头发蓄长了。"

做完早课，于晓丹和廖世奇在后院站了一会儿，四下逛逛。最后走上通向美术馆的台阶，于晓丹打开美术馆前门的锁，开开灯。他们在一层走了一圈。里面有两个大厅，一个洗手间，一个接待访客用的前台，还有一个通向二楼的楼梯。

“觉得怎么样?”于晓丹说。

“比我想象的还要好。”廖世奇杵在门口，他说，“说实话，一开始张铎带着这个项目走，我还蛮不高兴的。但是现在我看到它真的实现了，反而觉得释然了。”

“听说我们走了之后，所里发生了不少事，对你影响不小。”

“如果不是你举报的我，道歉的话就不该由你来说。”

“我也不希望是张铎干的。”

“嗐，别说了。打那件事之后，我就退圈了。反正我现在也不做建筑了。”他微皱双眉道，“按照佛家因果，豆田是因为我而死。”

于晓丹远远地看着他。

“他死了之后，我才明白……真是死了一个人。”

“你这次来也是为了佛家因果吗?”

“我不知道。”

“豆田生前最想把这个美术馆做好，现在终于实现了。”

廖世奇没接话。他来到前台，一根手指在台面上滑过：“够干净的。下个月就要开馆了，对吧？”

“下个月十号。过完春节。”

“那我估计待不到你们开馆。”

于晓丹离开了前台，往楼梯那边去了。

“晓丹？”

“哦？”于晓丹回头应了一声。她正在上楼梯，手里拿着一张包裹着塑料薄膜的画。廖世奇看到了画的一角差点剐到楼梯转角。他快走了几步，想要帮她接住画。

“要把它拿到你的房间吗？”廖世奇接过画，用手捏着包装纸上的塑料泡问道。

“不用，楼下仓库里还有很多。”

“那我去帮你把它们全搬上来吧。”

“还早呢，你今天歇着吧。”于晓丹把二楼所有的窗户都打开了，很快冷空气就灌了进来。她故意用轻松一点的口吻问:“天这么冷，你为什么这么早起来?”

“老贾接我上山之后，我就睡不着了。我的房间在燃灯佛殿后头，推开门就能看到寺里的古钟。”

“那口钟可真够大的。”

“是啊，敲钟的和尚是个大个子呢。”

“哦，那是慧果师父。”

“你从这里也能看见他敲钟吗?”

于晓丹靠着墙，说:“这栋建筑不够高，只有我住的牧溪小屋能看见钟。这样说好像也不对。应该说是能看到慧果师父的一只胳膊，听到钟声，却看不见钟。”

“沿着佛头往上走就是你住的地方了吧?”廖世奇指着楼梯拐角的一尊木像说。

“嗯，上边就是牧溪小屋。”于晓丹注视着廖世奇的动作。

那是一尊高约六十厘米的木像。佛像胸前结着袈裟，盘腿坐在坐垫上。左手安放于膝，右手结掌向前伸出。木像整体泛黑，只有头发和眉毛发白。廖世奇试着移动这个木像，但他的肘刚掠过佛头，佛头就从佛身上脱落下来。

他们俩一起上前接住佛头，手握在了一起。

廖世奇迅速松开手，说:“看起来损坏得很严重啊。”

“嗯，听住持说，这尊木像来的时候已经是这样了。”

“尤其是鼻子这块，你看，什么也没有了。”

于晓丹随着廖世奇的话走远了一些，两人之间拉开了距离。

这尊木像最引人注目的，是它惊人的平滑光亮。不只是鼻子，从颧骨到下巴只剩下一片泛着油光的光滑木。仔细看，才能勉强找出两道浅浅的线条。那是鼻梁的位置。

于晓丹刚入寺的时候，这尊木像还放在正殿后堂。她也就在像前静立了一小会儿。一群游客鱼贯而入，涌进后堂，争抢着要摸像。木像从佛台上掉下来的时候，还有人死拉着木像的手不放。每个人看上去都兴奋极了。摸着的舍不得离开，摸不着的趁着佛像落地刚好挤了进来。佛头断了，从佛像身上摔了出去。慌乱中，有人一把抱住佛头，用手使劲摩挲起木像头顶，嘴里还嚷嚷着，我摸着头了！你们说，我的头发会不会长出来啊？

说到这儿，于晓丹停下了。她和豆田去过居酒屋，聊起过豆田的爷爷，那个人最后因为头发而发了疯。这些事，她都没有同廖世奇讲过。

廖世奇稍稍远离，定睛瞧了瞧，说道："能够站在尊者的面前，也需要勇气吧？"

"它会在这里待上一段时间。据说明天还有大雪，负责修复的师傅要等到下周天气好了再上山。"

"我看老贾应该告诫每一个香客，不要再摸像了。没用的。人终将一死，他们怎么就意识不到这一点呢？"

"这是你今天第二次说错。我们现在叫他住持，不是老贾。"

"对啊，世上再没有贾总了。"

于晓丹看着他，直到他把脸别了过去。

"我也不再是'廖工'和'廖师'了。"

"是人就会犯错。"

"如果是你来算，我错的岂止这一次？"

从山巅的牧溪小屋，探出头往窗外看，这里没有缓缓流淌的西河风景，只有山。溪流漫过无人行走的石阶，向着混着石子的荒地流去。荒山的尽头，还是山。那一刻于晓丹内心闪过一个念头，可它刚一冒头旋即没了踪迹。于晓丹把头别过去的时候，看见廖世奇的那张脸。笑起来，眼角两撮深深的皱纹，他真是老了许多。廖世奇的前额抵在天窗下，拳头轻轻敲打着头顶上的冰凌。他最擅长数数了，一个，两个，三个。

路渐渐暗下来了。苔藓黄了一半，野草还绿着。

言语之间，于晓丹感觉到他很喜欢那个孩子。男孩，比琦琦晚两个月出生。从周岁算起，一年中有很长一段时间，他和琦琦同岁。这两个孩子要是放在一起，就会是窗台上的两块表——一只手表，一只怀表。两块表很少走得一样准确。

阁楼的正中央，天窗由内向外开着。廖世奇倚在门外，他有话要说。这间卧室只有四叠半大。于晓丹跪在榻榻米的被褥上，拉动从天花板上垂下来的开关线。一下子，被单上的印花就被照亮了。

许许多多个“卍”字浮现出来。

廖世奇说他应该把这两个男孩都带到香港去，让他们见见住在土瓜湾的爷爷嫲嫲。他要把孩子在劏房里培养成才，因为这样才能证明他是一个合格的父亲。如果不是在家门口走失了孩子，没办法跟Kira交代。

廖世奇无力地笑笑。他在土瓜湾的街上发了疯。“我嘅仔！”他沿着街一家一家铺头喊过去。上一次，他这样歇斯底里，还是细佬世伟噎死的那日。街角的花圈店，三个着短衫的工人盯着他看。眼神一晃，闪过一瞬狡黠。他冲上去揪住一个的头，猛力挥掌。

清醒好像只有一瞬。这种被动的丧子之痛像涨潮时的浪，不仅不会流逝，还会在记忆里一路回卷。他说他本可以自求一个口实，彻底放逐了自己。可孩子丢了之后，恍恍惚惚，他才发觉自己是一个父亲。

“下一步怎么打算？”

“来之前是想求你让我见见他。”

“他？”

“咱们的孩子。”

“不，是我的孩子。”

“蛮好的，我现在什么都不想。”廖世奇说，“孩子能跟着你，我就放心了。”

于晓丹听了这话，依旧伏在窗沿，枕在她自己的手臂上。

不知是山下的哪间房里有人在敲木鱼，声音短促空灵，不时还有念经的男声随之应和。忽然声音中断，一阵短暂的沉默后传出了男孩毫无征兆的大笑声。谁也不知道那个孩子是谁，这人为何而笑。

廖世奇费了一些劲才抬起头，他顺着于晓丹的目光向窗外看去。

从老虎窗透进来的光，不偏不倚地落在他们的身后，斜斜的，深深的。光在墙上，又多砌了一堵墙。搭在僧寮屋檐下的晾衣杆上挂满了僧侣们的冬衣。黄昏的光线照在冬衣上，看上去也像是个人影。

“……有人说孩子是我们的前生，可那前生也只不过是回忆。”

人生是一条大路，他们曾经避开一切。四季接着一个四季，残诗长过四季，推着他们，轻轻推。他用一只手紧紧搂住她的肩膀。她又在颤抖了。

因果不虚，佛法虽宽不度无缘之人。雪还下着，宽宥世间一切不近人情的地方。他们不聊建筑史上任何了不起的人，不再提起他们共同的朋友路易斯·康。他们从此不再读诗，也把光的故事抛之脑后。

下一次见面，不知道是在何年何月。抽身离开前，他们给了彼此一个拥抱。“在香烟熏黄的衾枕上，恋人瘦削的肢体今夜分离……”，那个拥抱很长，这句诗在二人的心里反复念了很多遍。

开始时，两个人的动作都有点笨拙。

四

到了二月中旬，于晓丹把Kira领回家吃饭。

于爸爸和张铎都在，琦琦也在。外加上阿照，全家六口齐聚一堂。

“金枪鱼腩寿司就买了三个，这个给小琦琦。”阿照一边说一边将一块寿司放在琦琦面前，一块放在于爸爸面前，然后再将一块放在于晓丹面前。

“小孩子吃什么鱼腩嘛！”张铎把手伸了过去，“给老爸吃。”

“不!”琦琦立刻护住了碟子。

“给Kira阿姨吃！别那么小气嘛，儿子。”

“我不。”琦琦摇着小脑袋，表情还是很坚持。

于晓丹见状摸了一下琦琦的头，将自己面前那块鱼腩寿司递给了Kira。纸盘子侧边印着寿司店的名字。这是豆田生前常去的那家居酒屋。

琦琦绕着餐桌跑了一圈，最后把自己的寿司夹给了妈妈。

于爸爸无奈地摇摇头，用筷子掐了一小段的盐烤三文鱼，送到外孙琦琦嘴里。

“慢点吃，别噎着。”阿照笑着说。

“这孩子跟晓丹小的时候一个样，晓丹她妈活着的时候就说过，这哪里是孩子，干脆是饿死鬼托生!”于爸爸说到这里，突然望了望Kira的脸，接着又说道，“对了，我才想起来，艺潼，前些天你爸爸来找过我一趟。”

Kira不知道在想什么，她装作没有听见。

“上次去日本，阿照不是带着我去博物馆专门看了面具展嘛，里面有一种鬼就是怎么吃也吃不饱的，越吃越饿。”于晓丹的眼光从Kira身上瞥过，转移了话题道，“我当时就想，这不就是咱家琦琦的写照嘛。”

“这小子是我亲生的吗?”张铎说，“依我看，天天就知道吃，他将来当个厨子算了。”

不知怎的，于晓丹突然失语了，接不上话。好在琦琦这时候钻了过来，欢跳着在她怀里哼唧说:“爸爸是坏蛋。”

阿照也凑了过来，摸着琦琦的脑门说:“不过这孩子长得真快，蹿天猴似的。过了年后，大家都长胖了，气色也变好了。”

“我可不喜欢变胖。”

“还不是咱爸来了之后，咱家伙食明显改善了。”

“我也不会待太久。清华前阵子说要返聘我呢，这不，下学期很快就来了。”于爸爸的语气里夹带着兴奋。

“于老师，您说，我是不是真变胖了?”阿照还在问。

“Kira，我们楼下的咖啡厅招租，我看你闲着也是闲着，倒不如把它盘下来做做看?”

Kira抬了一下眼皮，没有回答。

“琦琦，就剩骨头了，别啃了！”于晓丹把琦琦搂了过来。

吃过晚饭，Kira站起来先走了。

五

于晓丹开了门。

漆黑的客厅里有一根立柱。她们从客厅走进厨房，于晓丹走在前面，帮Kira拿着行李。穿过厨房，她们见到一个关着门的洗手间。于晓丹问她是想住左边这个屋，还是右边这个屋。她顺手打开灯。右边的屋里堆着各种电子音箱。左边的屋里放了一个床垫。没有床，于晓丹跟Kira说，只能先凑合一下了。她随手推开两个屋中间的门。洗手间里一只飞蛾冲了出来，Kira吓了一跳。

那个能住人的房间里，一张没有床单的床垫靠墙摆放着，旁边是个床头柜和灯。距离床边半米以外的地方有个阳台，能看到对面邻居家阳台上在晾被单。于晓丹把Kira的行李，一个瘪瘪的网球挎包放到床上。Kira说，她想看月亮。于晓丹又转到右手边的那间房，她说这边能稍微看到一点。果然，一轮明月高挂在天上。然而Kira的眼睛始终没落在月亮上，她注视着对面海润公寓里亮灯的那些人家，她在寻找着什么。

于晓丹说:“我会帮你安顿好的。明早我给你送枕头和被子，今晚你先盖着我的衣服睡。”

Kira能做的就是点点头。然后她说:“你把大衣给了我，你怎么办？外面那么冷。”

“没事，我过了马路就到。”

“晓丹姐?”

“哦?”

“我很奇怪自己还活着，还能感到冷。”

“这是‘下雪不冷化雪冷’，你长时间不在北京，可能忘记了。要是明早能出太阳，估计会好一点。”

Kira走出房子，来到冰冷的阳台上。地板在她的脚底发出打枪一般的脆响。太久没人住的房子，哪怕是最接近阳光的地方也还是抵不住的冷。

露台的门刚开始还打不开，过了一阵才吱呀呀开了，闪闪的寒气扑面而来。门台阶上结了一层冰，上面撒了防滑的红砂。

“真冷啊。”

“不知道奇奇现在在干吗。”

于晓丹顿了一下说：“怎么，你的孩子也叫琦琦？”

“嗯，奇怪的奇。”Kira轻轻说道，仿佛说了好长一句话。

于晓丹蒙在原地。她身体晃了一下，就好像被谁拽了一把。

“我坚持不下去了……”

“你要好好的。只有你活着，他才会好。”

Kira噙着泪在笑：“从今天起，我不吃，不洗，倒头睡觉。”

“睡醒了，又是新的一天。”

“新的一天？”

“奇奇现在肯定在什么地方好好活着呢。”

“你怎么能确定？”

“因为我感受得到。别忘了，我也是个母亲。”

“奇奇和琦琦……我猜他俩准能玩到一起去。”

“睡前记得关窗户。”于晓丹的声音像缝隙里的低吟，她说，“我以前也住过这个房子……”

“晓丹姐，你快看!”

空荡荡的房子像个人，勉强撑持着自己。

在浓稠的暗夜里，对面的公寓楼里闪过一道刺目的光，凉凉的，慌慌的。Kira前伏着身子靠在栏杆上，她猛地一使劲，向对面楼上的人疯狂地挥手。

于晓丹本能地冲上前来，搂住半个身子悬在空中的Kira。地板抖动了一下，一股气流将Kira的裙摆压在于晓丹的身上，她看到防滑砂从她们身边轻轻地向下坠去。

时间嘀嘀嗒嗒在走。窗玻璃上结满了霜花。于晓丹还死死搂着她。恍惚之间，她抽出一只手来擦眼睛。这时候，她才发现自己哭了。

Kira的手挥得慢了些。她松开栏杆的刹那，问了于晓丹一个问题。

“琦琦用光打出的是什么话?”

“他在说，”于晓丹闭上双眼，“别哭，妈妈。”

小说的“建筑术”和“消解术”

——评周婉京《造房子的人》

杨庆祥

1

有那么几年，我会收到周婉京给我寄的书，开始是《隐君者女》，又有《新贵》，然后是《取出疯石》。是那种很例行的作者给评论者的寄送，地址是公开的办公地址，扉页上会客气地写着请杨老师指正之类的话，印象较深的是往往用很粗的笔迹书写，很大的字，占满一页纸，有一种大开大合的豪气。《隐君者女》写的是一个八零后的成长故事，后来我稍微了解了一点周婉京的履历，感觉这部作品似乎有她自己的影子，但也不能确定。《新贵》让我吃了一惊，底层青年经过种种“奋斗”后跻身上流社会，“新贵”可以说是中国社会急剧变化的典型象征，这一题材的选取证明了周婉京有着极其敏锐的社会触觉，这可能是出于小说家的直觉，在一个伪“巴尔扎克”时代，二十一世纪的北京成了十八世纪巴黎的延长版，而中国的新贵们，却只能在一个相对逼仄的环境中醉生梦死或者惶惶不可终日——这是一面巨大的时代之镜，对于它的处理，也需要有更充分的准备和更成熟的思考。然后是《取出疯石》，这部短篇小说集凸显了周婉京的优势，她的跨文化视野使得她可以在一个更加具有流动性的地理里面展开书写——汉语不仅应该写中国人的故事，汉语也同样可以写美国人、英国人以及其他一切非汉语人种的故事，这是我对《取出疯石》特别重视的地方，当然，这部作品集也体现出了周婉京建构故事和语言表达的能力，在第四届PAGEONE文学赏的评选中，它从众多的优秀作品中脱颖而出，获得了首赏。在这之后，我和周婉京有过几次交流，对她的经历和写作有了更深入的了解，也正是在这几次交流中，她屡次向我提及她正在写的一部作品，一部与建筑有关的小说，我们偶尔会聊到米开朗琪罗、路易斯·康、安藤忠雄等，但因为我建筑知识的匮乏，这些谈论大概只能泛泛，我们谈论更多的，还是她的作品——小说与建筑是如何互文互动？这中间我陆续读到了《造房子的人》的不同版本——往往是还没有读完，一个新的版本就过来了，最后读到的定稿是第十三版，由此可见周婉京在这部作品上的用力之深。这部作品最后没有让我失望，这是2023年上半年我读到的最富有挑战性的中篇小说之一，《造房子的人》这样作品的出现，表明当代青年作家完全有能力去处理一个无论是在纵向（历史）上还是横向（世界）上都堪称复杂的题材，并能够以小说的形式将其完全当下化。

2

《造房子的人》开篇引用了美国著名建筑家路易斯·康的一段话作为题记:“一根立柱，无光。两根立柱之间，有光。希腊建筑是一个无光、有光、无光、有光……不断交替的过程。造一根从墙上倾侧而出的柱子，让它谱出无光、有光、无光、有光的变奏：这是艺术家的奇迹。”这段话与其说是建筑的方法论，不如说是建筑的诗学论，路易斯·康用诗歌一般的语言表达着对“光”的追求和造就。我们的主人公廖世奇，正是路易斯·康的信徒。他汲汲于将路易斯·康的建筑诗学落实于他自己的建筑实践。廖世奇是美国哥伦比亚大学建筑系的青年助教，也是雄心勃勃的建筑设计师，在故事发生的开始，他正在参与纽约中央车站的设计竞标，他设计的方案“没有一处用人造光”，虽然他的学生张铎认为这样的方案根本不会通过，但幸运的是，他成为了中央车站的主创设计师。这是廖世奇人生中的第一次高光时刻，他因此获得了名声和地位，被纽约的上流社会争相邀请，他收获了一段看起来很不错的婚姻，一位移民美国的中国富豪的女儿成为了他的未婚妻。中央车站的“光”给廖世奇的人生带来了更多的“光”——随着我们对廖世奇的了解更多，我们就会明白这种“世俗之光”对廖世奇来说不仅仅意味着幸运和奇迹，也同时意味着危险和毁灭。

小说继续向前推进。第二处建筑出现。环境转移到了中国的首都北京。这次需要设计的是一家江户时代的能剧场，看起来要求很高：“四根整木柱子搭成正台，二百五十平方米。舞台围在四根柱子之间，向正反两个方向开放。换句话说，舞台之上还有一个舞台。……正台左后方有一个与后台相连的桥廊，环绕庭院而建。”在美国声名狼藉的廖世奇回来接下了这个项目，毫无疑问，对他来说，最重要的依然是“光”的设计：“我发现，光和舞台一样重要。它们都有一种悬置的力量。一个表演者站在台上，她就要从现实的自然光环境中抽离出来。她从黑暗的地方走入光亮的地方，她展示给观众的不仅是一次走位。光的变化，让她被我们看见了。”——如果说中央车站的“光”是极明亮的自然天光，这种光可以照耀一切，那么位于地下一层的能剧场只能是光暗融合，或者用路易斯·康的说法——无光也无暗。这是小说的核心部分，建筑的难度在提高，人物关系的复杂性在展开，人性的幽暗在生长。能剧场与小说在此进行动态的互文，小说的结构以能剧场的结构为母本，能剧场的设计和演出与人物的粉墨登场一致，建筑中嵌套着小说，小说书写着建筑，剧本中写的不仅是过去的人物故事，也是当下的现实一种——小说精湛的叙事结构和叙事技巧在这里得到了充分的展示。对建筑的谈论是对光的谈论，对光的谈论又是对文化和人性的谈论，一场寻光之旅同时也是寻根之旅——根不仅在文化、历史和传统，更在普遍的人性本身。

3

《造房子的人》呈现了一幅流动性的文化图景。

小说的男主角廖世奇是中国香港人，后来到美国求学工作，身上既流淌着岭南文化的血脉，又融汇着以路易斯·康为代表的欧洲文明的传统。女主角于晓丹是北京人，同样到美国，结识了廖世奇，她后来又到日本唱昆曲，一段《游园》里的《皂罗袍》惊艳了日本观众。小说中的另外一个人物是日本人豆田先生，他在日本东京和镰仓长大，父亲是位狂热的中国文化迷，豆田本人是禅宗的信徒。

这些人的交会点是中国。廖世奇觉得有必要回国了解真正的中国，于晓丹和张铎回国结婚生活，日本人豆田和阿照作为公司的代表也来到了中国。中国在此变成了一个文化的聚焦点，每个人都可以在这里找到一种文化的光谱。我不知道这是周婉京的无意识还是有意识，无意识是指她作为一个汉语写作者，母语的传统让她不自觉地将笔下的人物都召唤回中国；有意识是指，从全球史的角度看，二十一世纪的中国在一段时间内确实是一块文化的试验田，各种不同的文化都能够在此获得展示和呈现的机会。无论是有意识还是无意识，将文化中国而非经济中国——经济中国是中国在二十一世纪最表层的形象——呈现出来，这是《造房子的人》这部作品一个特别重要的贡献。

交会并不意味着固定，聚集并不意味着统一。恰恰相反，一切都是流动的，小说中的人物是流动的，他们在不同的地理和语言中迁徙和生活并获得不同的经验。小说中的文化也是流动的，这一流动一方面是纵向的，古老的传统文化在当下依然有其生命力，昆曲、能剧并不是冰冷的历史遗存——非物质文化遗产这一称号仅仅在这个层面成立，同时也直接参与到当下生活。实际上，在小说中，能剧对人物的自我认知发挥了极其重要的作用，正是通过对能剧的观看和直接参演，我们的小说主人公于晓丹才一步步洞开自我，重建内在。另外一方面，这一流动也是横向的，路易斯·康的“光”的诗学在中国的建筑中能够找到对位，日本的能剧和昆曲之间有相通之处，而禅宗和自然的关系，本来就是中日文化的重要思想来源。

纪德在《伪币制造者》里说“我们每个人都上演切合自己身份的一出戏，而承担自身悲剧的遭遇”。对《造房子的人》里面的那些人物来说，也许可以这么概括：他们每个人都试图上演切合自己身份的一出戏，但反讽的是，他们并不知道自己的身份是什么。文化的流动性导致了文化的不确定性，这种不确定性导致了身份认同的不确定，反过来因为这种不确定，人们又致力于文化的寻找，从而又加强了文化的不确定。这就是我们身处的当代境遇。

4

小说终归要写到人，即使是最“物主义”的法国新小说派，也没有办法离开人。《造房子的人》写建筑，写能剧，写文化，同时也是在写人。关于建筑与人的同构性，小说中借助廖世奇之口有着精彩的陈述：“最后，建筑变成了人，各个器官合在一起组成了有机体。修道院的入口塔、教堂、学校、食堂，每一个单体建筑对应着一种功能。触碰、轻抚、摩挲、抚弄，他习惯用‘建筑消解’的方法来爱一个人。”但廖世奇没有说出口的是，无论如何使用光，无论使用多么亮的光，建筑永远有黑暗的部分，如果说光是一种爱，那么黑暗就是一种对爱的否定。《造房子的人》正是通过这种建筑与人的“对位法”，一步步将人性的黑暗部分“照”出来。廖世奇出身贫寒，在香港的劏屋长大，他的人性之暗是贪婪，爱慕虚荣，玩世不恭，以“不婚主义”掩饰自己爱的无能。于晓丹是小说中主要的叙事者，她的人性之暗在于她不可救药地爱上了廖世奇，这种“背德之爱”的疯狂甚至让她丧失了基本的原则:“她站到了他那边，成了他的帮凶、打手和狗腿子。”同时她陷入了嫉妒的深渊——需要特别指出的是，这篇小说对嫉妒这一情感类型的书写出类拔萃，于晓丹、Kira、张铎都做过有违道德甚至法律之事，而做这一切的驱动力，都是嫉妒。如果我说这是一种出于女性作家的本能可能会“政治不正确”，那我可以换一个说法，在处理如嫉妒、心口不一、厌恶、同情等与内在密切相关的情感和行为时，中国的男作家远远比不上女作家。

有否定就会有救赎，如果说建筑的寻光是为了将建筑的内部照亮，那么，人的寻光就是为了将自己的人性之暗照亮，并获得救赎的可能。有意思的是，在《造房子的人》中，并没有安排一种明确的信仰让人去依靠，而是用了一种非常东方式的哲学来化解人与世界的紧张关系——

正是在这种紧张关系里，人出于一种自我保存的功能而放大或者强化自己的黑暗。因此，光不能仅仅是外面的光——这是《旧约》的传统，上帝说要有光，于是有了光，于是创造了物质世界。光更应该是内在的光——这是东方的传统，光从内在升起，驱散黑暗，并向外在开放。在这个意义上，内与外是一样的，出口与入口在同一个位置，如果借用“建筑消解”这个说法，这里可以称之为“小说的消解术”——小说的结构与能剧场同一，出口入口在一起——小说由此消解了文化、创伤（历史）与固执的自我，小说也处于一种流动不居的状态。

小说四溢开来，它抵达的地方，光也就抵达了。

2023年5月23日，北京

与吴亮对谈

（2022年11月12日　第一次对谈）

周：吴老师好，最近怎么样？今天早上我还在从您发给我的《朝霞》（2016年出版）书评，往回再看《朝霞》这本书。

吴：我最近在反省，我以前的语言非常流利，现在说话写字就不允许有长句了。那么我就换一个方式来写。原本我很流畅的长句，现在也变成了短句。那么我想的语言，就出现了另一个结果。

周：我觉得这个结果也蛮好的，对吧。您看我的上海话这么多年，就还是只能听，不能讲。

吴：所有词汇的意义也都是要看语境的，要看什么地方去讲。我记得侯宝林他们几个北京人来上海，想学上海话，结果一塌糊涂。这个语言，你们北京人很难学的，哈哈哈。

周：那么其实我看《朝霞》，我也会有种感受，就是北京人也写不出《朝霞》那样的汉语。所以如何把上海话变成一种文体，然后再整合到小说创作中去，让形式和内容高度融合在一起，这点我还挺想请教您的。

吴：我的爸爸妈妈不是上海人，我是上海人。几乎上海所有的东西，我都不喜欢。当然不是说它不好，就是我不喜欢。这种情况当时在上海比较少。所以我十七岁以后开始看书，那时候也刚好在“文革”之后，身边都是读书人的小圈子。我自己觉得，跟上海是没什么关系的。所以我后来写作的时候，他们都不把我算成是上海人。这就是我特殊的个性。但是我写《朝霞》其实充满了偶然性，我原本没打算写长篇小说。

《我的罗陀斯：上海七十年代》(2011年出版）其实才是关于上海的，可以看成是《朝霞》之前的准备工作。几年之后，写《朝霞》的时候，我根本没想过你说的上海话的这个问题。这个事情太奇怪了。我只能管它叫作“宿命”。写作之初，我不知道我能写什么。我只是知道，人的情感还是要有一个出口。我写完就完了，没再改过。现在想想，可能太碎了。这是一个没道理，完全没道理的一个写作。所以后来所有的编辑工作都是走走来做的。虽然现在出版了，但我从来没有从头看过一遍。我也不想从头再读一次了。现在我的情况更是不允许我再这么从头读书了。

那么我所谓的这两部长篇小说，完全不是计划中的事情。就是我很偶然地觉得要把它们写出来。这种近似疯狂的写作，瞎搞，当时那种亢奋的状态，现在想想，可能对我今天这样子是有影响的。

周：有的人写作是用技巧，有的人是用脑袋。您不是，您是用命去写。

吴：是的，到今天就对我有影响了。我现在2022年最好的状态就是脑子清晰的时候，能写几句话就很好。但是语言一旦出了问题，影响了我的讲话和写作，我就非常糟糕。这让我觉得，我确实是为了语言而生活的这么一个人。

周：我觉得您现在开始，每天写两个词，随便两个，什么都可以。每天写一点东西，写一首诗，慢慢地继续写。您现在要是写短句，短句也有短句的妙处。

吴：是的，我现在写东西没有关键的东西，不去评判。

周：您不用管别人喜欢不喜欢，写自己的东西就好。

吴：我现在不太写东西，拍拍照片也蛮好。但你说的跟我前些天遇到的医生说的差不多。他也建议我，一定要写。放弃了写作的话，我的情况会更不好。他说我这样要多看字，多讲话，多交流。所以我昨天就抽了维特根斯坦的几句话，写了写。我最近还把以前一些书的“后记”拿出来了，再看。我发现我过去就曾经写到过自己在未来会一无所有，就像现在这样。

周：从这个意义上讲，您的写作反倒变成了一种预言。

吴：这类的话，陈丹青也同我讲过。你和陈丹青说话很像。当然，陈丹青也是我很好的朋友。我们有一次一起吃饭，我就问他——你怎么什么都知道？你怎么讲什么都对？你怎么不会犯错呢？我现在看你就是这样，我讲一件事情你马上就能提供解决的办法。你知道得太多了，这会加大你写作的难度，哈哈哈。

周：那是不是写小说应该是不知道的大于知道的，一直保持一种未知的状态？

吴：对的，应该是不知道的多。作家不该是全知，你要有神秘和偶然性。不然怎么解释你最近写了一本完全跟你自己领域无关的小说？

周：您是指《造房子的人》？

吴：对的，就是你前段时间寄给我的那本。我从前就跟你提过《造房子》，是我的朋友——建筑师王澍写的。没想到你现在写出一本《造房子的人》来。王澍造的是他的想象之城，我不知道你是不是也一样。说说看，你为什么想要写建筑呢？

周：当我意识到我在写一本跟建筑、空间有关的书的时候，有种“为时已晚”的感觉。

吴：哦，怎么讲？

周：我可能以前跟您说过，中国古代小说都是时间性的，这种时间性的小说叙事方式影响了我们现在的文学，但更重要的是，影响了我们中国人的思考方式。我们会用线性的方式去思考生活中的一切，最简单的例子就是一个人有没有钱、有多少钱、这些钱够花多久、花完了怎么办等等。我们很少去思考这些钱的体积是多少，重量是多少，要多少个人搬几天才能全搬走。我们的思维是以时间为线索的。你看过去的乡土文学和伤痕文学，还是在讲一个人的家族史，几代人的兴衰。

吴：碎片化的书写，不是打破了你说的这种线性叙事吗？

周：如果以您的《朝霞》为例，某种意义上是这样的。但还有很多例子不是。如果被打散了的碎片依旧是按时间顺序来排列的，或者它遵循某一种线性的时间逻辑，那么它依旧不能摆脱所谓传统的线性叙事。

吴：好的，我晓得你的意思了。

（2023年1月7日　第二次对谈）

周：接着上次我们聊到的地方，线性叙事。吴老师，您还记得吧？

吴：有一点印象。

周：我在最新的这一部小说《造房子的人》中，其实想要摆脱线性叙事对我一贯写作的影响，用一种类似空间叙事的方式，从描述空间入手来搭造一部小说。

吴：原来这样。因为我拿到了你的初稿就一直在想啊，你为什么要写一个跟建筑相关的小说？我觉得你写小说可以选择的题材很广，想写什么写什么嘛，为什么要写一部建筑师的故事？

周：这个故事本身很简单，就是围绕建筑行业的四个从业者——于晓丹、廖世奇、张铎、Kira来展开的，故事里面的时间跨度大概有十年，从2010年到2019年。但最主要的故事是发生在2016年这一年。刚开始，我想写建筑师的原因有两个：第一个是我向来是写在城市里生活的人，其中又多数是从事文学、艺术的专业人士，那么我在想有什么行业是跟艺术、城市都有关的，很自然地就想到了建筑。第二个是我家人在从事建筑工作，我们日常生活的主要话题就是人、城市、诗、光、小说、当代艺术、电影这些，所以当我决定写这样一本小说时，建筑这个题材也就最先浮现出来了。

吴：这么说吧，你必须承认，你的素材被扩充了。你被你的素材改变了。那么最明显的一件事情，就是你结婚了，嫁给了一个建筑师。那么你就和这个建筑有关系了。但是呢，你发现建筑也在改变你的生活。你肯定在生活中和老公吵架了，吵得一塌糊涂，那么在你的小说里，我看到女主角和她的老公啊，两个人关于禅宗那一段也是吵得一塌糊涂。

周：也许禅宗公案就是需要吵架。没有机锋，就没有公案。

吴：婉京啊，可你不是一个和尚。那你要怎么面对你老公呢？你肯定或多或少把（跟他一起生活的）经验写进去了？

周：他是启发我的人，我不知道说他是我的“缪斯”合不合适。我确实向他学习了很多建筑方面的知识。这部小说中很多的建筑造型、构造方式是由他提供的，我除了从头学起一个建筑师怎么入行、如何画草图，还练习了将空间的体感转化成文学的实感。这就不只是我们上次谈到的线性叙事中的现实主义实感。

吴：建筑是组成城市的零部件。在我以前的一本《城市笔记》（1990年出版）中也写了一些我对城市的关注。说起来很凑巧，那本书出版的1990年也是诸如王澍、刘家琨等建筑师开始重新思考中国建筑与中国城市的时期。你看他们的建筑，你会发现一个有限的建筑根本容纳不下他们对一座理想之城的狂想。那么后来在我的《另一个城市》（2009年出版）那本书里，这种对城市的思考，也有体现的。那么再说到我的小说《朝霞》，别人讲它是在写一座城市的精神秘史，我知道我在写一段回忆。

周：是的，我很认同。所以我在《造房子的人》当中也想要描绘一座“理想之城”，如果建造不成，至少要捕捉这种由一栋建筑牵扯、勾连出一整座城市的特点。

吴：建筑是给人用的，城市也是为了人。这就让“造了的房子”必须和人发生关系。

周：所以这部小说就叫作《造房子的人》。

吴：几乎所有伟大的文学作品，到最后讨论的都是人的问题。现在我们看的历史、文学史、艺术史，都是死人的历史。我曾经很喜欢西方哲学，我前几天还在看汉娜·阿伦特写的东西。她说过一句话，“我从未爱过任何集体，我只爱人”。她的意思是在说，她不会爱任何一个集体性的东西，包括民族。那么她关怀的是什么呢？我认为是每一个活生生的人。

周：吴老师讲得真好。我觉得这可能是每一代人、每一代作者都应该承担的责任。实际上，我们没办法不写人。就拿《造房子的人》这本小说为例，书中所有的人物都在十年过程中经历了变化，得到了成长，但抛开这些个体的变化，我们还看到了人是如何思考生与死、记忆与失忆这些问题，而这些问题在这几年尤其突出地牵动着我们的神经。

吴：说起来，这个疫情搞了三年，真是太浑蛋了。

周：所以我书中在最后一章也提到了一个“三年为限”的变化，但那三年真正发生的翻天覆地的变化被我放在留白里了，我没有交代。

吴：那么这个就像是一种选择性的失忆。就好像我小时候经历过的三年困难时期（1959年至1961年），当时的记忆也都忘得差不多了，但是“三年”这个限度记得很清楚。那时候，家里很穷。全家上下唯一一个可以喝牛奶的人，就是我。我的两个姐姐都把牛奶让给我喝。所以过了那三年，到了后来，只要我见到当时喝过的牛奶，我就会想起那段过往。

周：我常常跟朋友说，这三年走过来，其实是我们需要写作，多过写作需要我们。

吴：面对疫情三年，不能聊你小说中提到的生死观，因为一聊就是眼泪，就是无语。我不知道该说什么，你在北京，你现在也康复了，但你知道每天有多少我认识的朋友去世吗？

周：非常多。听到很多消息，非常难过。

吴：我只算我认识的，已经很多了。如果加上我听说过的，那就根本数不清。

周：所以上次我们聊天，您提到文学是在写我们不知道的东西，那么以现在的情况来看，面对每天如此之多的“不知道”，文学是否还有效呢？

吴：我始终觉得写人，人的温暖最重要。因为人很渺小。

周：您能展开讲讲吗？

吴：你也在写与记忆相关的东西，不是吗？我最近因为身体的原因，开始发觉——记忆不是长的，而是短的。我再看我以前写评论的那些长句子，写得很漂亮的那些，根本不用改的那些，我现在都写不来了。但我同时也发现，以前最重要的，一直在想的东西都还在。那么这个保留下来，存在记忆中的东西就是一种很坚固的结构。结构性很强的东西，由你的逻辑和你的理性组成。

周：说到结构，我还要感谢上次我来上海的时候，您给我提的意见。现在我们看到的《造房子的人》加入了第五章“后台”，那么现在就是一个跟希腊建筑一样的偶数柱子的结构了。写小说真的也跟造房子一样，不同的结构会承载不同的语言，那么也就会呈现出完全不同的效果。现在用“六根柱子”(六个章节分别是：第一章 门廊、第二章 入口、第三章 中庭、第四章 舞台、第五章 后台、第六章 庭院）搭建起来的“房子”，要比之前“五根柱子”的时候牢固得多。

吴：你也不要太相信我说的。像是我后来说六根柱子之外还藏着一根，好像“你要写成既是六根但是精神性又是七根柱子”这句话，我自己也搞不清楚我的意思。总之，你是要重视小说的结构。这个结构要稳，但又不能太稳。你要找到一点什么来打破它。但是在结构这方面，我比较清楚一点。庆幸的是，这么多年，我形成了一个叫作“吴亮”的结构。

周：那么结构和表达又是怎样产生联系的呢？

吴：是这样的，我现在表达虽然不好，我知道的东西我会说不出来。但我一旦看到，我的记忆就会被唤醒。就像我刚刚提到过的“牛奶”，那我看到它就会想到童年经历过的那段日子。

周：这很有趣。那么按照您的说法，记忆不就变成了一个可以自我对应、自我召唤的闭环系统了吗？

吴：我不觉得这是什么问题。我们好像在很多年前聊到黑格尔的时候，讨论过（这个问题）。记忆就是新旧永恒交替的一个东西。明天，我们就会老一天。今天的新鲜事，到了明天就旧了。你看，这世上哪还有什么新的东西？闭环不是问题，因为新与旧总是一起在动的。所以我也不觉得线性叙事是个大问题，新旧也是在一条线上往前走的。所以你的小说看上去是很难懂的，哲学性很强的，能量很大、放射性很强的，但仍然是在写记忆的、写时间的。你写了空间，其实也是通过空间来写时间的。

周：我始终记得我最早在读康德的《纯粹理性批判》时，非常疑惑的一个问题——康德为什么要先定义空间，在定义了空间之后再处理时间？

吴：你是专门研究康德的，我不和你聊这个话题，哈哈哈。

周：我的博士论文是研究康德的天才观，但说老实话，我已经把他给忘了。我不会用哲学来写小说。但按照康德的说法，可以把空间和时间理解为我们天生自带的一个感知框架。那么你的所有经验，你的童年、少年和你的城市体验，都要被纳入这个感知框架中才能被我们感受到。

吴：哲学对你的影响很深，对我的影响也很深。我跟你讲过的，我的整个二十岁都是在看西方哲学著作中度过的。我当时在一个冰箱厂里做工，每天就躲在冰箱里看康德和黑格尔。我也迷过一阵现象学。哲学热，贯穿了我们的八十年代。当然因为我年轻的时候，毛泽东还在世，所以我也读了很多马克思主义的著作。我越读哲学就越发现，西方哲学家太多了，著作也太多了，翻译到中国的也太多了，后来上海研究法国、英国哲学的人也很多，而且越来越多，那么我们最后就都成为了一片叶子。你最后会发现，牛×的东西永远都在被人误读。

周：那么把哲学作为一种方法来进入文学创作，算不算是对误读的一种反抗？

吴：那么这里面除了一个“读法”的改变，就还牵涉到一个主体的改变。一句话说出来，你可以改变它，可以不相信。文学是可以做到这一点的。

周：您说到从唤醒记忆到书写记忆，需要依靠一个可靠的结构。这一点，可以再谈谈吗？

吴：你可以说是西方哲学的结构影响了我，但我之后形成的是我自己的结构。但是我看到，在我们解读和使用西方理论时，它已经不是原来的那个它了。你现在研究日本文化，你的小说中也写了很多与这相关的内容，你应该知道当初我们的白话文运动也是从日本来的。

周：对，日本的白话文运动叫作“言文一致运动”，是明治维新时期开始的。

吴：那么你看现在我们的中文当中还有很多来自日本的单词。这些当中你又哪里数得清哪些是日本人先学习了西方，再从西方的语言（英文、德文、法文、西班牙文等）翻译成日文，然后再从日本传入了中国？最简单的一个例子就是，中文过去都是一个字代表一个东西。只有日本才是两个字代表一个东西。可是现在，我们几乎习惯了用两个字来表示一个东西。最鲜明的例子就是“医院”，这个单词就是日文（译介）过来的。

周：说起来，前段时间去世的人当中也有日本后现代建筑师矶崎新。如果我们看他设计的建筑，那种融合理性的现代主义结构和典雅的古典主义布局，这些都不是日本本土的东西。

吴：这跟日文的特点很像，日语是一种很方便的文字。所以日本人翻译西方、学习西方的速度都很快。他们懂得融合，一些融合有时候来得太快。

周：我这一两年的感受也是如此。虽说写作是创造性工作，但是它同时也是一门手艺，一种文字的手艺。我越是使用中文，越被它的博大和精妙深深吸引。很少有一门语言，可以兼具博大与精妙的。

吴：文字永远是流动的，人也一样。所以你还是要继续写。

周：您也是，要继续写下去。

图书在版编目(CIP)数据

造房子的人 / 周婉京著. — 北京 : 北京十月文艺出版社，2024.3

ISBN 978-7-5302-2360-4

Ⅰ. ①造… Ⅱ. ①周… Ⅲ. ①长篇小说—中国—当代 Ⅳ. ①I247.5

中国国家版本馆 CIP 数据核字 (2024) 第 047892 号

造房子的人

ZAO FANGZI DE REN

周婉京 著

出　版 北京出版集团
北京十月文艺出版社

地　址 北京北三环中路 6 号

邮　编 100120

网　址 www.bph.com.cn

发　行 新经典发行有限公司
电话 010-68423599

经　销 新华书店

印　刷 北京盛通印刷股份有限公司

版　次 2024 年 3 月第 1 版

印　次 2024 年 3 月第 1 次印刷

开　本 880 毫米 ×1230 毫米 1/32

印　张 8

字　数 110 千字

书　号 ISBN 978-7-5302-2360-4

定　价 38.00 元

如有印装质量问题，由本社负责调换

质量监督电话 010-58572393